제발 이런 원고는
투고하지 말아주세요

제발 이런 원고는 투고하지 말아주세요

예비 저자를 위한 헛수고 방지책

초판 1쇄 발행 2021년 8월 26일

지은이 김태한
펴낸이 서재필
책임편집 양수빈
펴낸곳 마인드빌딩
출판신고 2018년 1월 11일 제395-2018-000009호
주소 서울특별시 마포구 월드컵북로 400 (상암동) 5층 5호
전화 02)3153-1330
이메일 mindbuilders@naver.com

ISBN 979-11-90015-57-8 [03800]

예비 저자를 위한 헛수고 방지책

제발 이런 원고는 투고하지 말아주세요
제발 이런 원고는 투고하지 말아주세요
제발 이런 원고는 투고하지 말아주세요
제발 이런 원고는 투고하지 말아주세요
제발 이런 원고는 투고하지 말아주세요
제발 이런 원고는 투고하지 말아주세요
제발 이런 원고는 투고하지 말아주세요
제발 이런 원고는 투고하지 말아주세요
제발 이런 원고는 투고하지 말아주세요
제발 이런 원고는 투고하지 말아주세요
제발 이런 원고는 투고하지 말아주세요
제발 이런 원고는 투고하지 말아주세요
제발 이런 원고는 투고하지 말아주세요
제발 이런 원고는 투고하지 말아주세요
제발 이런 원고는 투고하지 말아주세요

김태한 지음

마인드빌딩

프롤로그

'하루에 얼마나 많은 원고가 투고될까?' 시작은 간단한 질문에서 출발했습니다. 출판을 생업으로 결심한 이후 그 짧은 시간 동안 다양한 원고가 투고되었습니다. 작은 출판사에 원고가 들어오는 것이 놀랍기도 했고 감사했습니다. 한 해, 두 해가 지나면서 원고를 보내준 저자들에게 감사의 말을 전하며 제가 아쉬웠던 것들을 정리해서 보내드리기 시작했습니다.

출판사 이름을 다르게 적거나 이 원고를 출간하면 베스트셀러가 될 것처럼 말하거나 다짜고짜 계약금을 달라거나 지속적으로 전화해서 책을 출판해달라고 하는 분들이 있었습니다. 또 책만 나오면 출판사가 다 알아서 해주어야 하는 것 아니냐고 하는 분, 초판은 무조건 팔린다며 호언장담하는 분, 자신의 원고가 왜 계약되지 않았는지 따져 묻는 분 등 정말로 다양한 예비저자를 만날 수 있었습니다. 그러다 보니 이런 생각이 들더군요.

'이렇게 작은 출판사에도 많은 원고가 투고되는데, 규모가 큰 출판사에는 얼마나 많은 원고가 투고될까? 담당자는 원고를 검토하는 데 힘들지 않을까? 기본적인 것만 지켜주면서 투고하면 계약될 확률을 더 높일 수 있지 않을까?'

이런 생각이 꼬리에 꼬리를 물고 이어졌습니다. 그래서 제가 답변을 드린 것들을 정리해서 모아 책으로 엮게 되었습니다. 물론 원고도 중요하지만 더 중요한 것은 그 원고를 열어보게 만드는 것입니다.

이 책에는 아주 기초적인 지식과 나름의 출판 정보를 모았습니다. 그 때문에 지금 책을 쓰려는 사람들이라면, 이 기본적인 것을 지켜주기를 바라는 마음입니다. 이 책이 글쓰기를 시작하려는 사람들에겐 안내서가, 책을 쓰기 위해 노력하는 누군가에겐 소중한 정보가 되기를 바랍니다.

또한, 저자라는 이름을 얻고 싶다면 최소한 알아야 하는 내용을 담으려고 애썼습니다. 당연한 말이지만 글 쓰는 사람은 글로 평가를 받습니다. 독자와의 첫 대면을 글로 하기 때문에 의도치 않은 오류가 발생되지 않기를 바라는 마음입니다.

저의 자그마한 기록이 글을 쓰고자 하는 예비 저자들에게 희망의 불씨가 되기를 바랍니다. 그리고 그것으로 인해 그들의 인생이 조금이나마 뜨거워진다면 더할 나위 없이 좋겠습니다.

2021년 7월

책과강연 연구실에서

김태한

추천사

이 책은 경험에서 얻은 진심이 묻어 있는 책입니다. 이 책을 끝까지 읽고 나면 글과 비즈니스를 관통하는 기본과 태도에 접근 가능한 근육이 생길 것입니다. 시행착오를 줄이고, 실수로 인한 감정의 낭비도 막아주는 것은 덤입니다. 첫 책을 쓰는 분들께 추천합니다.

- 송수진(『을의 철학』 저자)

정보의 생산자와 소비자 구분이 사라진 시대입니다. 저자는 책 한 권을 어떻게 써야 하는지를 구체적으로 알려줍니다. 이 책은 제4차 산업혁명을 선도할 주인공이 될 수 있도록 도와주는 나침반 역할을 충실히 하고 있습니다. 전작을 쓰기 전에 읽었다면 더 좋았을 것입니다.

- 김명락(『이것이 인공지능이다』 저자)

종이와 활자를 사랑하는 사람이라면, 당신의 서랍 속 작은 글귀에 날개를 달아 한 권의 작품으로 만들고 싶다면 이 책을 주목해주십시오. 꿈이 현실이 되고 변방의 나를 주인공의 무대에 올릴 수 있는 힘의 근원이 이 책에 있습니다.

– 양수진 (『이 별에서의 이별』 저자)

책은 기획 단계에서부터 철저히 할 필요가 있다는 것을 느낍니다. 출판사 대표가 객관적인 입장에서 쓴 이 책의 내용은 목차 하나하나가 출간 매뉴얼입니다. 글쓰기를 시작하면서부터 이 책의 내용을 하나하나 실행하다 보면 출간은 물론 개인 브랜딩을 넘어 베스트셀러까지 갈 수 있는 중요한 팁들입니다. 예비 작가님들께 추천합니다.

– 노정아 (『라이브 커머스 24시』 저자)

지금까지 적지 않은 원고를 써왔지만, 원고 기획에서 투고에 이르는 모든 과정이 순탄한 적은 단 한 번도 없었습니다. 이 책을 읽고 나서야 무릎을 '탁' 치며 '아, 이런 것을 모르고 원고를 써왔단 말이야?' 하는 깨달음을 얻게 되었습니다. 저자가 되고 싶다면 누구나 한 번쯤 읽어야 하는 필독서라 생각합니다. 책 쓰기의 모든 실전 노하우가 이 책 한 권에 담겨 있기 때문입니다. 실패 없는 책 쓰기를 하고 싶다면 당장 이 책을 손에 쥐어 들기 바랍니다.

– 이용준 (『드래곤볼에서 경영을 배우다』 저자)

출간이 막막할 때 길잡이가 될 가뭄의 단비 같은 책입니다. 먼저 읽어보았다면 훨씬 더 완성도 높은 책이 탄생하지 않았을까 하는 아쉬움에 더욱 추천하고 싶습니다. 완성도 높은 자신의 책을 원하는 모든 예비 작가를 위한 필독서를 절대 놓치지 말기 바랍니다.

– 박정윤 (『밥을 짓습니다』 저자)

책을 쓰는 것만큼 중요한 것은 내 책을 출간할 출판사의 니즈를 파악하는 것입니다. 그런 점에서 이 책은 저자와 출판사의 간극을 줄여줄 것이라 생각합니다. 출판과 관련해 간접적으로 경험할 수 있다는 것도 이 책의 큰 장점입니다. 글을 쓰는 것은 자신의 이야기를 다른 사람에게 전달하기 위함이지만, 훌륭한 작가는 독자와 출판사의 소리에 귀를 기울여야 한다는 점을 잊지 말아주세요.

– 조민해(『남자의 완벽한 슈트핏』 저자)

누구나 꿈꾸는 일 중 하나가 내 책을 서점에서 만나는 일입니다. 이 책은 훌륭한 에디터를 만난 것 같은 느낌입니다. 기본에 충실했기에 나도 책을 낼 수 있다는 희망이 보입니다. 글을 쓰고 출판하고, 독자를 만나기까지의 과정에서 훌륭한 동반자가 되어줄 것이라 믿어 의심치 않습니다.

- 이선우 (『이왕 시작한 거 딱, 100일만 달려 볼게요』 저자)

안타까운 투고 더미를 보다 못해 시작된 출판 기획자의 읍소를 듣고, 책상에 앉아 내가 쓴 원고를 다시 들여다보았습니다. 미래를 준비하는 이에게 책이 주는 강력한 연결성과 기회의 사례들을 접하면서, '나도 할 수 있다'라는 확신에 찬 눈으로 신나게 읽어갔습니다. 두루뭉술한 글을 세공하고, 담금질해 정제된 책이 되는 과정은 마라톤을 뛸 때처럼 감격스러우면서도 만만치 않습니다. 문장과 문장 사이에서 길을 헤맸을 때, 묵직한 원고를 가지고 무작정 출판사의 문을 두드리려 했을 때 막막했던 기억이 떠올랐습니다. 이 책을 읽노라면 예리하고 신뢰할 만한 안내자를 옆에 둔 것 같은 든든한 마음입니다.

- 김은아 (『모든 순간에 꽃은 피듯이』 저자)

같은 내용이라도 기획 방향에 따라 도서의 운명이 갈리기도 합니다. 저자는 가장 기본적인 보고, 듣고, 생각하는 것을 지키며 원고를 기획하는 사람입니다. 기본에 충실하고자 하는 예비 저자들은 꼭 읽어보시기 바랍니다.

– 이유미 (『우리 아이 명품 독서 20선』 저자)

이 책은 저자를 꿈꾸는 사람과 출판업계 종사자들이 꼭 읽어봐야 할 노하우를 과감하면서도 솔직하게 담아냈습니다. 어떻게 첫걸음을 옮길지 궁금하다면 이 책이 도움이 될 것이라 확신합니다.

– 김재주(『어쩌다 히키코모리, 얼떨결에 10년』 저자)

차례

3장 글쓰기를 위한 핵심 꿀팁

4장 출판사에 투고하기

5장 책을 쓰면 돈을 벌 수 있을까?

6장 이제는 홍보다

1장 왜 글을 써야 하는가?
1장 왜 글을 써야 하는가?
1장 왜 글을 써야 하는가?
1장 왜 글을 써야 하는가?
1장 왜 글을 써야 하는가?
1장 왜 글을 써야 하는가?
1장 왜 글을 써야 하는가?
1장 왜 글을 써야 하는가?

1장 왜 글을 써야 하는가?

1장 왜 글을 써야 하는가?
1장 왜 글을 써야 하는가?
1장 왜 글을 써야 하는가?
1장 왜 글을 써야 하는가?
1장 왜 글을 써야 하는가?
1장 왜 글을 써야 하는가?
1장 왜 글을 써야 하는가?
1장 왜 글을 써야 하는가?

예비 저자와 출판 기획자의 하루

예비 저자와 출판 기획자의 하루를 비교해볼까요?

예비 저자의 하루

수개월 동안 집필한 원고를 마침내 끝냈습니다. 마지막 마침표를 찍는 순간 '저장' 버튼을 누르고 원고를 닫았습니다. 인터넷에서 다운로드한 출간 기획서를 꼼꼼하게 작성해서 원고와 함께 이메일로 보내려고 합니다. '전송' 버튼을 누르려던 찰나 무언가 부족해 보입니다.

불안한 마음에 다시 원고를 천천히 읽어보고 무엇이 부족한지 곰곰이 생각합니다. 나에 대한 설명이 필요할 것 같아 출간 기획서 외에 프로필 자료를 하나 더 만들었습니다. 멋진 집필 환경이 담긴 사진도 빼놓지 않고 첨부했습니다. 이메일 받는 사람 주소창에는 누구나 들어보았음직한 출판사의 이메일 주소를 찾아 그중에서 40~50곳을 골라 넣었습니다.

버튼을 누르자 몇 초 뒤 전송이 완료되었다는 메시지가 떴습니다. 그제야 마음이 놓입니다. 영혼까지 갈아 넣은 이 원고는 분명 잘될 것 같습니다. 그렇게 모든 것이 끝났습니다. 이제 답신을 기다리는 일만 남았습니다. 내 책이 곧 출간될 것 같아 기분이 좋습니다.

출판 기획자의 하루

오전 7시 30분 사무실에 도착했습니다. 사무실 문을 열고 입구에 있는 커피머신의 전원 버튼을 누르고 방으로 들어갑니다. 커피머신의 1분 남짓한 로딩 시간도 길게 느껴집니다. 방에 들어서자마자 컴퓨터를 켜고 지난밤 들어온 도서 주문서를 확인합니다. 대형 서점과 지역 서점에서 주문이 들어와 있습니다.

책상에 앉아 커피를 마시며 강연 신청자 현황(저희는 매주 월요일과 목요일에 출판 시장에 대한 강연을 진행합니다), 출간 도서 현황, 연구생들의 신규 원고 현황을 체크합니다. 대략 기획자 한 명이 검토해야 하는 원고는 하루에 다섯 개 정도입니다. 기획서 한 개에 A4 용지로 두 장 정도지만 40분 정도의 검토 시간이 필요합니다. 이 과정에서 원고의 방향성에 대한 제언이 첨가됩니다.

이번 주에는 원고 세 개가 출판사에 투고될 예정이고, 예비 저자 한 명과 출간 계약을 맺기로 했습니다. 그 때문에 원고 세 개의 출간 기획서를 작성하고, 출간 계약 후 진행 상황 등을 점검해야 합니다.

이메일을 열었습니다. 오늘은 투고가 총 네 건이 들어왔습니다. 이메일 제목을 읽고 나서 화면을 스크롤했습니다. '가슴 뛰을 나누고 싶습니다'라는 제목입니다. 원고를 열지 않았습니다. 해당 이메일은 자동 회신 이메일로 보냈습니다.

다음 이메일 제목을 읽었습니다. '먼저 전화 오는 출판사와 함께하겠습니다.' 이메일을 삭제했습니다. 아마 제가 아니더라도 다른 출판사가 계약할 것입니다.

다음 이메일은 제목이 흥미로워 클릭하고 출간 기획서를 열었습니다. 아홉 장에 걸친 출간 기획서가 눈앞에 펼쳐졌습니다. 10년 전 회사에서 받은 직원 우수상부터 최근 아파트 동 대표로 선출된 내용까지 적혀 있습니다. 그 순간 이력서를 첨부한 것이 아닌지 확인해보니 이메일 제목은 '투고'라고 쓰여 있습니다. 직원을 뽑아야 하나 하는 생각이 들었습니다. 창을 닫았습니다.

혹시나 제가 소중한 원고를 놓치는가 하는 마음에 원고를 열었습니다. 첫 문장부터 오탈자투성이입니다. 창을 닫고 휴지통으로 이동시켰습니다. 그렇게 그들의 원고는 삭제되었습니다.

사실 이 순간이 가장 힘듭니다. 아쉬운 부분을 알려주고 원고를 수정해서 다시 보내달라고 하고 싶지만 시간이 허락하지 않습니다. 그렇다고 '저희 출판사의 역량이 부족하여 귀하의 책을 출간할 여력이 되지 않습니다'라고 메시지 한 줄로 끝내기에는 잔인한 것 같아 종종 죄의식에 사로잡힐 때가 있습니다.

원고를 투고하는 예비 저자들에게 조언을 해주다가 어느 순간 같은 말을 반복하는 나 자신을 발견하고 그 질문에 대한 답을 글로 옮기기 시작했습니다. 그것이 이 책의 시작입니다. 조사 한 개만 바꿔도 문장의 맛이 달라집니다. 달리 말하면 조사 하나 때문에 전달력이 배가되는 경우도 많다는 뜻입니다.

나는 문체를 매우 신중하게 고르는 사람이다. 특히 조사(助詞)는 엄청 중요하다. 한국어로 사유한다는 것은 조사를 이해한다는 뜻이다. '비가 내린다'와 '비는 내린다'엔 하늘과 땅의 차이가 있다.

– 소설가 김훈

수많은 투고 중에서도 출판사의 편집 일정과 인력 등 여건이 되지 않아 반려된 원고도 더러 있습니다. 이 원고들은 정중히 거절하고 다른 출판사에 투고해보길 권하기도 합니다.

출판 프로세스는 간단합니다. 저자가 좋은 글을 쓰고 출판사는 그것을 멋지게 포장해서 출판 시장에 내놓으면 끝입니다. 하지만 이것이 어렵습니다. 저자에게는 자신의 원고를 선택해주는 출판사가 없고, 출판사에는 마음에 드는 원고가 들어오지 않습니다. 이 원론적인 고민부터 해결하지 않는 한 원고는 책이 될 수 없습니다.

지금 원고를 집필하기 시작했거나 집필 중인 예비 저자들, 어떻게 출판사에 투고해야 할지 모르는 예비 저자들을 위해 이 글을 씁니다. 물론 제 말이 모두 정답은 아닙니다. 하지만 이 책은 글을 쓰고 책을 내려는 예비 저자들에게 반드시 도움이 될 것입니다.

글을 쓰면 월 2,000만 원을 벌 수 있다고요?

'월 2,000만 원.' 얼마 전 방송에 출연한 이슬아 작가가 밝힌 월수입입니다. 그 말을 듣고 저는 두 눈이 휘둥그레졌습니다. 이제 스물아홉 살, 양 볼에 깨알같이 박힌 주근깨, 고등학생이라고 해도 믿을 것만 같은 앳된 얼굴의 이슬아 작가가 저보다 많은 수입을 올리고 있었습니다. 그것도 아주 많이 말입니다.

사실 신인 작가가 책 판매만으로 돈을 벌기 힘듭니다. 책이 초판 1쇄만 판매된다면, 저자가 받을 수 있는 인세는 300만 원 정도입니다. 대부분의 책은 1쇄에 그 명(命)을 다합니다. 거기에 최근 경제 상황까지 안 좋아지면서 이런 현상은 더욱 뚜렷해졌습니다. 그러니 책 한 권으로 일확천금을 벌어들였다는 이야기는 딴 나라 이야기 같습니다.

이슬아 작가는 학자금 대출 2,500만 원을 갚겠다며 '셀프 연재'를 내걸고 구독자를 모집했습니다. 한 달 구독료 1만 원을 선불로 내면 주말을 제외하고 매일 이메일로 글을 보내주는 서비스였습니다. 한 달 20편에 1만 원, 1편당 500원꼴입니다.

이슬아 작가의 시도가 내심 부러웠습니다. '나였으면 그렇게 할 수 있었을까?'라는 생각이 들었습니다. 이슬아 작가는 6개월 만에 학자금 대출을 모두 갚으며 프로젝트를 성공적으로 마무리했습니다.

이슬아 작가는 '일간 이슬아' 원고를 모은 『일간 이슬아 수필집』을 독립출판으로 펴냈고, 웹툰으로 연재한 엄마와 자신의 이야기를 담은 『나는 울 때마다 엄마 얼굴이 된다』를 펴냈습니다. 두 책 모두 출간 2주 만에 3쇄까지 판매하며 큰 인기를 끌었습니다.

일간 이슬아, 책 판매, 글쓰기 교실 등 이슬아 작가는 자신이 가장 잘할 수 있는 '글'로 시작하는 여러 비즈니스를 기획하고 실행하고 있습니다. 그런 결과물들이 수익이 되어 이슬아 작가를 경제적으로도 안정되게 했습니다.

이슬아 작가의 사례를 보며 배운 것이 있습니다. 책만 팔아서는 수익을 남기기는 어렵지만, 책을 비즈니스와 연결하면 목표 달성 속도가 곱절 이상은 더 빠르다는 것입니다. 책은 독자들에게 내가 누군지 구구절절 설명하지 않습니다. 독자들에게 재미있고 흥미진진한 이야기를 전달하기만 하면 됩니다.

그동안 책 쓰기 강의를 하면서 예비 저자들을 보며 확신한 것은 책은 비즈니스로 연결이 가능하다는 것이었습니다. 책을 낸 저자 중에는 유명 칼럼니스트로, 시간당 5만 원을 받는 강사에서 150만 원을 받는 대형 강사로, 대기업과 계약을 맺으며 직장생활을 할 때보다 높은 연봉을 받으며 미래를 향해 나아가고 있는 이들이 있습니다.

그 중심에는 책이 있습니다. 그들은 모두 책을 출간한 후 그 다음 스텝을 차근차근 밟아나갔습니다. 그래서 예비 저자들이 책을 내고 비즈니스를 통해 미래를 준비했으면 하는 바람입니다. '난세에 영웅이 난다'라는 말처럼 세상이 힘들고 복잡할 때인 지금이 책 쓰기 좋은 타이밍이 아닐까요?

트렌드 관찰자와 트렌드 생산자

경쟁 우위를 점하는 방법은 두 가지가 있습니다. 하나는 트렌드 관찰자가 되는 것이고, 다른 하나는 트렌드 생산자가 되는 것입니다. 관찰자는 시장 상황을 철저하게 분석합니다. 대중이 무엇을 원하고, 어떤 것에 관심을 두는지 자세히 살펴봅니다. 그리고 그것이 어디로 흘러갈지 예측합니다.

그렇게 관찰을 통해 시장을 선점하면 많은 부분에서 수익을 창출할 수 있습니다. 이를 선점 우위 효과(First Mover Advantage)라고 합니다. 이것은 시장에 최초로 진입함으로써 얻을 수 있는 무형과 유형의 이익을 의미합니다. 트렌드 세터(trend setter)는 좀 더 쉽게 세상을 주도할 수 있습니다. 예를 들어 유명 연예인의 패션이 유행되는 것처럼 말입니다.

출판 시장도 마찬가지입니다. 매년 트렌드를 분석해내는 도서들이 출간됩니다. 이 책들은 앞으로 다가올 미래를 예측합니다. 이 예측은 맞을 때도 있고 틀릴 때도 있습니다. 틀렸을 때의 면죄부는 '예측'이라는 것입니다. 맞으면 좋고 틀리면 '예측이 빗나갔다'고 일축하면 되기 때문입니다. 이 예측을 만들어내는 사람이 주장하는 것은 다가올 미래에 '이것'이 유행할 테니 대비하라는 것입니다.

이들이 말한 것은 애초부터 니즈(needs)와 원츠(wants)가 없는 사람들도 그것을 원하게 된다는 것입니다. 그리고 더 나아가 그것이 없으면 안 되는 세상이 되어버린다는 것입니다. 앞으로 '레트로(retro)가 유행할 것이다'라고 말하면, 그것이 유행하는 것처럼 말입니다. 저는 이것을 '만들어진 감성'이라고 부릅니다.

트렌드 세터가 창조한 감성은 유행을 선도할 수 있습니다. 이것이 늘 옳은 것도 틀린 것도 아닙니다. 다만 대중은 분명히 그것을 따른다는 사실입니다. 여기서 트렌드를 주도하려면 자신이 그것을 만들 만한 인적·물적 인프라가 구축되어 있어야 합니다.

지난 주말 서점에 들렀습니다. 저는 시간이 날 때면 책을 구매하지 않더라도 서점에서 시간을 보냅니다. 사람 만나는 것을 즐기지 않는 제가 유일하게 많은 사람을 만날 수 있는 곳이 바로 서점입니다. 사람들은 서점에서 책을 보며 저마다 상상의 날개를 펼칩니다. 서점은 새로운 아이디어를 얻을 수 있는 보물섬과 같습니다.

여기서부터 중요합니다. 서점에 있는 수많은 책의 제목을 살펴보시기 바랍니다. 책은 지금 세상의 관심이 어디에 있는지 가장 적나라하게 알려주는 척도입니다. 이때 '나라면 어떤 책을 쓸 수 있을까?'라고 생각해봅니다.

코로나19는 세상을 한순간에 변화시켰습니다. 마스크를 쓰지 않은 사람이 되레 이상해져버렸습니다. 하루아침에 직장을 잃은 사람들이나 매출이 떨어져 울상을 짓고 있는 자영업자들에게 하루를 '버틴다'라는 말은 고통입니다. 이렇게 되자 서점에는 온통 '코로나19'로 무장한 책들이 눈에 띕니다. '팬데믹', '언택트', '포스트 코로나' 등 하루가 멀다 하고 신조어를 만들어 코로나19 관련 책을 내놓고 있습니다.

앞으로 다가올 트렌드를 정확하게 예측하는 것은 어렵지만, 어느 정도는 가능합니다. 여러분이 지금 책 쓰기를 시작했다면, 사회 현상을 통해 미래를 예측해보고, 그것에 의문점을 갖고, 콘텐츠를 집필할 수도 있습니다. 이것은 어렵지 않습니다. 아주 간단한 원리입니다.

코로나19로 경제가 어려워지다 보니 20~30대가 주축이 되어 소위 '영끌', '동학 개미 운동' 등이라고 하며 부동산과 주식에 올인하고 있습니다. 이제 서점에는 '돈 벌 수 있는' 책이 수없이 쏟아집니다.

이야기가 조금 길어졌는데요. 한 가지만 말씀드리겠습니다. 2015년 12월 일본 도쿄에서 열린 '엔딩 산업전(エンディング産業展)'에 다녀왔습니다. 당시 일본은 일명 '슈카쓰(終活, 임종을 준비하는 활동)'가 활발히 진행되고 있었습니다. 살아생전 내 장례를 어떻게 치르고 재산 상속을 어떻게 할지 미리 정하거나 연명 치료 여부를 결정해두는 것이 슈카쓰의 대표적인 사례입니다.

이곳에서 한 가지 독특한 것을 발견했는데, 바로 '유품 정리사(특수 청소부)'였습니다. 그들이 하는 다양한 일과 고충 등을 상세히 설명하고 있었습니다. 그것을 보면서 내 머릿속을 스친 생각이 있었습니다. '이제 우리나라도 초고령 사회로 접어드니 이런 직업이 각광을 받지 않을까?'

실제로 유품 정리사라는 직업이 있었지만, 한국에서 이슈가 되지는 않았습니다. 그러고 나서 2020년 김완의 『죽은 자의 집 청소』가 출간되면서 공전의 히트를 기록했습니다. 물론 이 책은 지금도 베스트셀러입니다. 그때 '인간이 생각하는 모든 것은 트렌드, 돈벌이, 직업'이 될 수 있다고 생각했습니다.

2026년 대한민국은 초고령 사회로 접어들 것이다 → 고령화로 인해 늦은 나이까지 일하는 사람이 늘어날 것이다 → 40세에 워라벨을 생각했다면 이제는 50세에 워라벨을 생각할 것이다 → 명예퇴

직을 해도 젊은 나이가 아닐까? → 그렇다면 '50세'를 주제로 한 책들이 나오지 않을까?

이런 예측도 여지없이 들어맞았습니다. 50대를 겨냥한 책을 서점에서 쉽게 발견할 수 있습니다. 물론 여기에서는 약식으로 해보았지만 조금만 더 탄탄한 자료 조사와 사회 현상을 분석하면 누구나 충분히 할 수 있는 방법입니다. 예를 들어 코로나19 → 격리 → 실직 → 우울(코로나블루) → 다음(NEXT)은 무엇일지 상상하는 것입니다.

마지막으로 한 가지 사례만 더 말씀드리고 마무리하겠습니다. 제가 아는 사람 중 전직 승무원 출신의 강사가 있습니다. 늘 유쾌하고 밝은 표정이 인상 깊은 그녀는 첫 번째 책을 출간하고 나서 강연도 많이 했습니다. 하지만 그녀도 코로나19의 충격을 피해갈 수는 없었습니다.

그러던 어느 날, SNS를 통해 그녀가 소위 '라방'이라고 하는 라이브 방송에 관심을 두고 있다는 것을 알게 되었습니다. 이제는 라이브 커머스 시장이 형성되어 있고, 진입 장벽이 낮으니 누구나 스마트폰만 있으면 물건을 팔 수 있습니다. 저는 시장을 조사해보았습니다. 언론에 소개된 것처럼 라방은 그야말로 '쩐의 전쟁터'였습니다.

우리는 그녀에게 두 번째 책을 쓸 것을 제안했습니다. 그녀는 한껏 고무되어 2개월 만에 '라이브 커머스' 시장에 대한 원고를 보내왔습니다. 자신이 관심 있던 분야이니 더 신나게 집필할 수 있었다고 합니다. 그렇게 완성된 원고를 출간 제안서와 함께 몇몇 출판사에 투고했습니다. 그러자 하루 만에 많은 출판사에서 러브콜이 쏟아졌습니다. 두 번째 책이 나온 후 그녀의 인생은 어떻게 변했을까요? 적어도 예전보다는 훨씬 더 행복하지 않을까요?

콘텐츠 생산자로 산다면 상대적으로 많은 기회가 올 수 있습니다. 그만큼 삶을 능동적으로 살 수 있다는 뜻이기도 하죠. 여러분이라면 콘텐츠 관찰자로 살겠습니까, 아니면 콘텐츠 생산자로 살겠습니까?

글을 쓰는 이유

"너무 힘들어서 못 쓰겠어요."

"여기까지만 쓰면 안 돼요?"

한 연구생이 글을 쓰는 동안 자주 했던 말입니다. 그는 글쓰기의 어려움을 호소하며 몇 번이나 글쓰기를 중단했지만, 지금은 책을 낸 저자가 되었습니다.

포기하고 싶은 마음을 굳이 견디며 글을 쓰고, 결국엔 글을 완성했다는 점이 아이러니하지 않나요? 이런 걸 보면 분명 글쓰기는 모순된 매력이 있는 것 같습니다. 견디기 힘든 것을 견디게 하는 힘. 그것이 글쓰기의 매력이 아닐까요?

글을 쓰는 이유를 네 가지로 나눠보았습니다. 첫째는 기록의 희열, 둘째는 경제적인 자유, 셋째는 지적 우월감, 넷째는 배움에 대한 보람입니다.

① 기록의 희열

글쓰기의 즐거움은 '기록' 그 자체에 있습니다. 역사는 과거의 기록을 남기고 현재의 해석이 더해져 가치를 갖습니다. 말은 뱉는 순간 사라지지만, 글은 쓰는 순간 흔적을 남깁니다. 이것이 글만이 가질 수 있는 장점입니다. 자신의 생각을 글로 남기는 행위는 스스로 무언가를 창조한다는 희열을 느끼게 해줍니다.

② 경제적인 자유

글은 '경제적인 자유'를 실현할 수 있는 도구입니다. 책만 판매하는 것으로 경제적인 자유를 꿈꾸는 것은 어렵지만, 책을 통해 비즈니스를 꾀한다면 원하는 만큼의 경제적인 자유를 누릴 수도 있습니다.

일전에 『성과를 지배하는 바인더의 힘』의 저자인 강규형 대표의 사무실에 방문한 적이 있습니다. 그가 책을 출간한 후 '3P 바인더'라는 다이어리를 출시하자 책을 읽은 사람들이 이 다이어리를 구매하기 시작했습니다. 지금도 다이어리는 꾸준하게 판매되고 있습니다. 그는 다이어리 작성법과 관련한 강의 프로그램을 개설해 수익을 얻고 있습니다. 저는 이 사례를 보면서 책이 경제적인 자유를 담보해줄 수는 없지만, 목표에 도달하는 가장 빠른 길일 수도 있다는 확신을 가졌습니다.

③ 자적 우월감

인간은 생물학적으로 자신보다 뛰어난 사람에게 끌리게 진화해왔습니다. 연예인이나 스포츠 선수 혹은 부자들에게 끌리는 이유입니다. 인류가 문명을 발전시키려면 우월한 유전자가 지속적으로 나와야 합니다. 일종의 본능이죠. 글은 대중을 선동하는 힘이 있습니다. 잘 쓴 단 한 줄의 글은 사람의 마음을 움직입니다. 그 때문에 사람들은 자신의 마음을 움직이게 하는 사람에게 호감을 느낍니다. 그런 사람들이 쓴 책을 읽고 지적 우월감에 빠지기도 합니다.

④ 배움에 대한 보람

지금 이 글을 쓰는 순간에도 제 옆에는 글쓰기 책이 여러 권 있습니다. 글쓰기를 시작하면 어떤 식으로든 다른 지식과 연결됩니다. 관련 정보를 찾기 위해 유사 도서들을 읽습니다. 에세이를 집필한다면 유사한 주제의 책을 읽어보고, 사회 분석적인 글을 쓴다면 관련 정보가 담긴 논문을 읽어봅니다. 인터넷에 있는 정보만 찾아보는 데 그치지 말고 철저히 검증된 자료들을 찾아야 합니다. 이는 글 쓰는 사람의 당연한 의무입니다.

예비 저자 중에 글만 쓰고 책을 읽지 않는 사람이 있습니다. 책을 읽지 않으면, 자기만의 생각에 빠져버립니다. 다시 말하지만, 글쓰기 최대의 장점은 연결을 통한 지식의 확장입니다. 독서는 글 쓰는 힘을 길러주면서 글이 막힐 때 해결해주는 중요한 도구입니다. 여러 장르에 대한 지식과 정보는 나를 또 다른 세계와 연결시켜줄 수 있습니다.

> 모든 것은 잉태 기간을 거친 후에야 세상에 나온다.
> 각각의 인상과 느낌의 싹이 지성의 범위를 넘어선
> 말로 표현할 수 없는 무의식의 어둠 속에서
> 온전히 그 자체로 완성에 도달하게 놔두고,
> 깊은 겸손과 인내로 명료한 이해가
> 새로이 탄생하기를 기다리는 것,
> 그것이 바로 예술가의 삶을 사는 것이다.
> 예술가의 삶은 창작하는 삶이자 이해하는 삶이다.
>
> – 라이너 마리아 릴케

내 원고는 왜 출간되어야 할까?

사람들에게 책을 쓰려는 이유를 물어보면 십중팔구 강연을 통해 많은 사람에게 영향력을 전파하고 자신도 지식 노마드의 삶을 살아가기 위해서라고 이야기합니다. 책이 출간되면 세상이 나를 부를 것이라고 생각하는 것입니다. 이 말은 반은 맞고 반은 틀린 이야기입니다.

자신이 30만 정도의 팔로워를 보유한 인플루언서라면 강연을 통해 많은 수익을 낼 수 있을 것입니다. 책도 많이 판매가 되겠죠. 하지만 그 반대라면? 저는 그들의 머릿속에 새겨진 '출간=강연'이라는 공식을 지우고 싶습니다. 지금껏 수많은 사람이 책을 출간하는 것을 지켜봐왔지만, 실제로 그 후에 강연을 한 사람은 손에 꼽을 정도입니다.

글쓰기는 타자를 의식하는 행위입니다. 글은 취업을 위한 자기소개서일 수도 있고, 다른 사람에게 전달하는 보고서가 될 수도 있습니다.

지금 저 자신이 왜 이렇게 낑낑대며 글을 쓰고 있는지 생각해보았습니다. 제 결론은 글 쓰는 행위가 제가 생각하는 가치에 가장 부합하기 때문입니다.

저는 제 글이 누군가에게 성장의 초석이 되는 것을 좋아합니다. 그 때문에 제 글이 이 세상의 단 한 명에게라도 성장의 밑거름이 된다면 만족할 수 있습니다. 글쓰기는 가장 재료가 적게 드는 생산적인 노동입니다. 노트북 하나만 있으면 글을 쓸 수 있고 그 글을 출판사에 보내면 가장 생산성 있는 책이 됩니다. 운이 좋으면 종종 강연 요청을 받을 수도 있습니다. 이것은 다시 밥벌이와 연결됩니다.

또 다른 이유는 제가 세상을 향해 조리 있게 말할 수 있는 능력이 없기 때문입니다. 저에게 글쓰기는 하고 싶은 말을 충분히 생각해서 세상에 이야기할 수 있는 가장 효율적인 방법입니다. 이렇게 세상에 말들을 놓아두면 그 말이 필요한 누군가에게 언젠가는 닿을 것이라는 믿음이 있습니다.

책을 쓰면 강연을 해서 큰돈을 벌 수 있다고 믿는 사람들이 있습니다. 베스트셀러 저자들을 보며 자신도 그렇게 될 것이라고 생각하는 사람이 의외로 많습니다. 하지만 그런 확률은 로또 당첨 확률보다 더 희박합니다.

마지막으로, 최소의 비용으로 최단기간에 자신이 성장하고 그로 인한 셀프 브랜딩이 가능하다는 것입니다. 글을 써서 출판사에 투고하는 것은 내 상품(원고)에 투자할 투자자를 찾는 행위입니다. 출판사의 존재 목적은 말 그대로 출판에 있습니다. 원고를 잘 가공해 세상에 내놓고 수익을 창출하는 것이 출판사의 목표입니다.

그렇다면 독자들은 어떤 글에 기꺼이 돈을 지불하는지 볼까요? 아마도 '이 책을 읽었더니 나의 지적 갈증이 해소되는 느낌이야.' 혹은 '이 글은 내 처지에서 쓴 글 같은데? 많은 공감과 위로가 되는군.' 이 정도는 되어야 하지 않을까요? 독자들의 공감을 얻으려면 결국 독자들이 내 글에서 배울 점이 있어야 한다는 것입니다. 바로 이것을 충족시켰다면 자연스럽게 다음 단계, 즉 집필할 수 있는 수준이 될 것입니다.

지금 여러분이 책을 쓰고 싶다면 자신이 왜 글을 쓰려는지, 글쓰기가 내 가치관에 어떤 변화와 영향을 줄 것인지 곰곰이 생각해보기 바랍니다. 글쓰기 과정에서 자신이 성장하지 못하고 독자의 공감을 얻을 수 없다면, 글을 쓰는 것을 다시 생각해보기 바랍니다.

제가 글을 쓰는 건 쓰고 싶기 때문입니다. 다른 사람들처럼 정상적인 노동을 할 수 없기에 글을 씁니다. 내 책 같은 책들이 쓰이고,

제가 그것들을 읽을 수 있기 위해 글을 씁니다. 저는 여러분 모두에게, 온 세상 사람들에게 무척 화가 나서 글을 씁니다. 제가 글을 쓰는 건 온종일 방 안에 갇혀 있는 게 좋기 때문입니다. 현실을 바꾸지 않고는 현실을 견디지 못하기 때문에 글을 씁니다. 저는 우리가 어떤 유형의 삶을 살아왔는지, 나와 다른 사람들, 터키의 이스탄불에서는 모두가 어떤 삶을 살고 있는지를 온 세상이 알게 하기 위해 글을 씁니다. 저는 종이와 잉크 냄새가 좋아서 글을 씁니다. 그리고 무엇보다 문학을, 소설 예술을 믿기에 글을 씁니다. 습관이자 열정이기에 글을 쓰고, 잊히는 것이 겁이 나서 글을 씁니다. 명성과 명성이 가져다주는 관심이 좋아서 글을 씁니다. 그리고 혼자 있기 위해 글을 씁니다.

– 오르한 파무크, 〈2006년 노벨문학상 수락 연설문〉 중에서

모든 글은 쉽게 쓸 수 있어야 한다

언젠가 TV를 보면서 '이 사람은 천재구나'라고 생각한 사람이 있습니다. 바로 방송인 헨리입니다. 그는 미국 버클리음대에 전액 장학금을 받고 입학했으며, 피아노·바이올린·기타·루프 스테이션 등 여러 악기를 수준급으로 다룰 줄 아는 음악 천재입니다. 제 주변을 둘러보면 그와 같은 사람이 더러 있습니다. 절대 저 같은 부류의 사람은 죽었다 깨어나도 생각하지 못할 것을 쉽게 하는 사람들입니다.

글쓰기에도 헨리와 같은 능력을 갖고 있는 사람들이 있습니다. 생생한 묘사 덕분에 흔히 '디트로이트의 디킨스'로 불리는 미국 소설가 엘모어 레너드, 19세기 미국 문학을 주도한 소설가로 평가받고 있는 마크 트웨인, 미국에서 가장 많은 베스트셀러를 가지고 있는 최고의 인기 작가 제임스 패터슨. 물론 이들도 많은 노력을 했겠지만, 기본적으로 글쓰기의 천재가 아닐까 하는 생각이 듭니다.

저에게 글쓰기의 천재 한 명을 꼽으라면 언제나 주저 없이 김훈이라고 말합니다. 그는 짧은 문장으로 하고 싶은 말을 가득 담아내는 능력이 탁월합니다. 그의 문장은 군더더기가 없고 단숨에 모든 상황을 그려냅니다.

『칼의 노래』에는 조선 군사 5,000명이 진주성에서 몰살을 당했다는 소식을 들은 이순신이 느꼈을 절망, 참담함, 슬픔을 써낸 대목이 있습니다. 김훈은 이를 아주 간결한 문장으로 표현했습니다.

진주성에서 조선 군사 5천이 죽었다. 닭 한 마리 살아남지 못했다. 나는 밤새 혼자 앉아 있었다.

김훈은 짧은 문장으로 밤새 잠들지 못하고 혼자 앉아 있는 이순신의 모습을 묘사하며 그가 느꼈을 참담함을 독자가 스스로 느끼게 합니다. 그런데 저는 김훈이 아닙니다. 지극히 평범하고 서툰 글쟁이입니다. 그 때문에 저는 매일 쓰는 연습을 해야 하는 숙명을 가졌습니다.

책을 쓰고자 찾아오는 사람 중에 소위 고학력을 가진 분들이 있습니다. 이들은 석사와 박사 과정을 거치면서 수많은 논문을 읽기도 하고 쓰기도 하는 말 그대로 글과 매우 밀접한 사람입니다. 그런데 막상 글쓰기를 시작하면 '이 사람이 글을 써본 적이 있나?' 싶을 정도로 수준 이하의 글을 쓰기도 합니다.

왜 그럴까요? 저는 곰곰이 생각해보았습니다. 주로 논문을 읽는 사람은 지도교수, 심사위원, 자기 자신입니다. 논문이 많은 사람에게 널리 읽혔다는 이야기는 아직까지 들어본 적이 없습니다. 그 때문에 논문의 저자는 지도교수와 심사위원을 제외하고 다른 사람을 신경 쓸 필요가 없습니다. 얼마나 어려운 단어를 사용하고 난해하게 풀어 놓았는지에 따라 논문의 가치가 매겨지기 때문에 한껏 힘을 주어 논문을 씁니다.

하지만 일반적인 글쓰기는 다릅니다. 쉽게 쓰는 것이 가장 좋습니다. 어린아이들도 이해할 수 있는 수준의 글이면 됩니다. 그렇다고 무작정 쉬운 단어를 사용하는 것이 아니라 적절한 단어를 사용해야 합니다. 그리고 글을 쓰고 나면 여러 번 읽어보고 쉼표 하나, 부사 하나까지 세심하게 신경 써야 합니다.

간혹 철학 등 쉽게 접근하기 어려운 학문을 전공한 교수들이 TV에 나와 알기 쉽게 이야기해주는 프로그램을 본 적이 있으신가요? 이것이 지금 제가 이야기하는 내용과 비슷한 맥락입니다. 지식을 철저히 내 것으로 **흡수해**(자신의 수준을 발견하고) **정리한 뒤**(자신 있게 쓸 수 있게 정리한 뒤) **쉽게 풀어내는 것**(쉬운 문장으로 쓰는 것)입니다.

김훈은 글을 잘 쓰는 사람이지만 평범한 독자들을 이해했기 때문에 자신이 원하는 대로 쓸 수 있는 것입니다. 자기 자신과 독자를 모르면 글을 쓰기가 어렵습니다. 지속적인 글쓰기와 그 글에 대한 끊임없는 질문을 던지는 과정에서 자신만의 문체를 발견하게 되고 독자들을 이해하게 됩니다.

글을 '짧고 쉽게' 써야 한다는 것을 명심하세요. 저자가 자기 자신을 이해시킬 수 없다면 독자들은 더욱 이해하기 어렵습니다. 그것은 독자에게 읽히는 원고라고 할 수 없습니다. 글을 쓴 뒤 다시 읽어보기 바랍니다. 자신이 쓴 글을 자신이 제대로 이해하고 있는지 말입니다.

글 쓰는 사람들이 흔히 하는 착각

2017년부터 글을 쓰고 싶어 하는 사람들과 함께했으니 햇수로 5년이 흘렀습니다. 그런 사람들이 어느덧 250명에 이릅니다. 이렇게 많은 사람과 글로 소통했지만, 정작 저는 과거에 글을 써본 적이 없을뿐더러 글쓰기 수업을 들어본 적도 거의 없습니다. 그렇지만 이만큼 저를 성장시켜준 것은 시간의 축적이었습니다. '재능은 지속하는 힘을 이길 수 없다.' 저는 이 말을 믿습니다.

사람들이 '어떻게 하면 글을 잘 쓰나요?'라고 물어보지만 딱히 해결책이 없습니다. 그저 지속적으로 꾸준하게 글을 쓰는 것 이외에는 말입니다. 그러나 자신이 약간의 결심만 하면 충분히 좋은 글을 쓸 수 있습니다. 이제 글쓰기에 대한 저의 몇 가지 생각을 말씀드리겠습니다.

① 글쓰기는 지속적으로 해야 합니다.

지금껏 100명이 넘는 예비 저자의 출간 계약을 성사시켰습니다. 예비 저자들이 글을 쓴 시간을 계산해보니 평균 6개월 정도였습니다. 여기서 중요한 것은 '출간 가능한 수준'의 원고를 말하는 것입니다. 누구든지 6개월 정도 꾸준히 글을 쓰면 그 수준까지 나아집니다. 소위 필력(筆力)이라는 것이 생기는 것을 목격했습니다. 하지만 안타깝게도 딱 거기까지입니다. 책이 출간되면 많은 사람이 '쓰기'를 멈춥니다.

실제로 첫 책을 출간하고 나서 상당 시간이 지나 두 번째 책을 준비하는 사람이 많은데, 대부분의 사람이 첫 책을 집필한 당시로 되돌아갑니다. 다시 말해 글쓰기를 처음부터 다시 배워야 할 지경이라는 뜻입니다. 글은 오늘도 쓰고 내일도 쓰는 것입니다. 그것만이 글쓰기 실력을 높이는 일입니다.

글을 잘 쓰기 위해서는 하루에 단 한 줄이라도 써야 합니다. 주제를 정한 다음 한 줄을 쓰고 그것을 여러 번 반복해서 읽어야 합니다. 그리고 어색하거나 문법적인 오류를 고쳐나가야 합니다. 이렇게 규칙적인 글쓰기 습관을 들일 필요가 있습니다.

② 글쓰기 비법서만 읽으면 된다?

서점에서 글쓰기 책을 쉽게 접할 수 있습니다. 이 책도 글쓰기 책이 될지도 모르겠습니다. 하지만 그 책들은 참고만 해야 합니다. 중요한 것은 글쓰기 책 10권을 통독하는 것보다 단 한 줄이라도 스스로 써야 한다는 것입니다. 다이어트를 한다며 온갖 보조제를 먹어도 살이 빠지지 않는 것은 그것이 말 그대로 '보조제'이기 때문입니다. 반드시 운동을 병행해야 합니다.

③ 한번에 스르륵 쓴다?

원고를 검토하다 보면 오탈자를 찾을 수 없는 원고가 있습니다. 이런 원고는 저자가 자신의 글을 충분히 검토했다는 것을 말해줍니다. 더구나 논지도 명확한 편입니다. 그렇지 않은 경우 십중팔구 한번에 써내려간 글일 가능성이 큽니다. 무엇을 쓸 것인지 정리해두지 않고 그저 하얀 여백을 무작정 채워가다 보면 자신이 무슨 말을 하고 있는지 잊어버립니다. 이럴 때는 먼저 무엇을 쓸 것인지 한 줄로 요약해놓고 글을 시작해보시기 바랍니다. 마지막 마침표를 찍고 나면 그 한 줄에서 크게 벗어나지 않은 것을 알 수 있습니다. 다음의 말을 항상 경계하세요. '이 원고를 피아노 치듯 한번에 스르륵 썼어요!'

④ 퇴고를 하지 않는다?

마침표를 찍고 저장 버튼을 누르고 창을 닫지는 않나요? 그렇다면 가장 큰 실수를 저지른 것입니다. 무조건 초고는 꼼꼼히 읽고 수정하는 것을 원칙으로 해야 합니다. 초고의 오류는 이 과정에서 바로잡을 수 있습니다. 글은 수정하면 할수록 좋아집니다. 끊임없이 나를 의심하면서 원고를 수정하세요.

⑤ 글쓰기를 가볍게 여기는 그대에게

글은 나를 대변하는 또 다른 자아입니다. 제가 누군가의 SNS에 입에 담지도 못할 악플을 많이 남겼다면, 그 댓글을 읽는 사람들은 저를 나쁜 사람으로 볼 것입니다. "우리 그냥 사기자."(『오빠를 위한 최소한의 맞춤법』) 그녀와 달달한 문자 메시지를 주고받는데, 그가 문득 이렇게 문자를 보냈다고 한다면 이만큼 '깨는' 문자는 없을 것입니다. 올바른 글이 주는 힘은 강합니다. 댓글 하나도 여러 번 확인하는 습관을 기르시기 바랍니다.

⑥ 시간이 없어서

이 말을 할 시간에 한 줄이라도 쓰세요. 시작이 반이라는 말도 있습니다. 언제까지 남 탓, 시간 탓, 돈 탓만 할 건가요? 여러분이 고민하는 그 순간에도 누군가는 또 한 걸음 전진할 것입니다. 비단 글쓰기뿐만 아니라 일상에 모든 것이 그렇습니다. 빨리 시작할수록 더 많은 발전을 할 것입니다. 지금 당장 쓰세요(write now? right now!)

아스피린 같은 글쓰기

글쓰기 상담을 받으러 오는 사람 중에 '당신의 생각이 맞아요'라고 확언해주기를 기대하는 분이 많습니다. 제가 그 사람의 이야기를 듣고 전혀 그렇지 않은데, '당신의 생각이 맞아요'라고 말하면 오히려 그들에게 고통을 주는 꼴이 됩니다. 그 때문에 때로는 그들의 생각의 틀을 깨야 하는 일이 발생합니다. 그런데 틀(프레임)을 깨는 것은 매우 신중히 접근해야 합니다.

그런 사람들에게 반대 의견을 제시하면 반발심이 생기거든요. 그렇지 않나요? 실연한 친구에게 '너는 그게 문제야. 그럴 때는 이렇게 했어야지'라고 하는 것보다 '그랬구나. 나였어도 많이 힘들었겠다'라고 이야기해야 친구 관계를 더 오래 지속할 수 있는 것처럼 말입니다.

정신분석학의 창시자인 지그문트 프로이트는 한 사람의 무의식 속에 깊숙이 잠재되어 있는 갈등 요소를 발견해서 통찰한 뒤 삶의 변화를 이루는 작업을 했습니다. 이것은 제가 예비 저자들에게 가장 많이 하는 방법이기도 합니다. 바로 질문하는 것입니다. '왜 그런 생각을 하셨나요?', '그렇게 행동한 이유는 뭔가요?' 그들은 미처 생각해보지 못한 질문을 받으면 당황해하거나 힘들어하기도 합니다. 하지만 답을 생각해내는 훈련을 반복하다 보면 어느새 책 한 권을 써낸 자신을 발견하게 됩니다.

그들은 이미 자신이 무엇을 쓰고 싶어 하는지 어느 정도 알고 있습니다. 기획자는 그것이 무엇인지 구체적으로 말해주지 않습니다. 오직 그들 스스로 마음속에 잠재된 질문에 대한 답을 얻을 수 있게 유도하는 것으로 충분합니다. 이 과정은 예비 저자들이 지금껏 생각해온 관성에서 벗어나 전혀 다른 세상으로 들어가게 합니다. 동시에 의식의 확장이 이루어집니다. 그러면 그들은 자신의 삶을 수동적으로 관망하던 것에서 벗어나 자발적으로 사유하게 됩니다.

과거의 어떤 기억을 재구성하는 과정에서 고통과 갈등을 겪기도 합니다. 지금까지 그 이유를 알지 못했던 고통과 갈등을 글로 쓰는 동안 그것을 이해할 수 있습니다. 물론 글로 쓴다고 해서 그것이 사라지는 것은 아니고, 그 모든 것이 아무것도 아닌 일이 되지는 않습니다. 오히려 선명하게 기억 속에 자리 잡아 더 힘들어질 수도 있습니다.

그렇지만 사람들이 글쓰기를 하고 싶어 하는 이유는 글을 통해 상처의 원인을 찾고 그것을 치유할 수 있어서입니다. 그 과정에서 삶의 미스터리들을 하나씩 풀어갈 수 있는 단초를 얻을 수 있습니다.

1897년 처음 등장한 이래 인류의 통증을 줄여준 약은 아스피린입니다. 저는 마음의 통증을 줄여주는 아스피린이 글쓰기라고 생각합니다. 가슴속에 꽁꽁 얼려두었던 이야기를 글로 풀어보면 자기 자신이 한결 가벼워집니다. 마음의 통증을 달래줄 아스피린, 지금 바로 이 약을 복용해보는 것은 어떨까요?

너무 쉽게 쓰지 않았습니까?

'마스크', '거리 두기', '언택트', '방구석'.

또 한 번 세상이 변했습니다. 공중파 방송은 옛말이 되어버렸고, 유튜버가 연예인의 인기를 넘어서는 시대입니다. 무관중 경기나 공연도 이제는 익숙하고 각종 비대면 서비스가 생활 속 깊이 들어왔습니다.

바야흐로 보기, 읽기, 쓰기 폭발의 시대입니다. 우리는 걸어 다니면서 정보를 보고 지하철을 타고 가는 내내 뉴스를 읽습니다. 내 집 안방에서 수십만 명의 관객을 만나고, 내 생각을 댓글로 남겨 주저 없이 표현합니다. 그렇게 우리는 글을 읽고 쓰는 사람으로 살아가고 있습니다.

최근 마음을 다치게 하는 글 때문에 유명 연예인이 세상을 떠나는 사건이 여럿 발생했습니다. 일면식도 없는 사람들이지만, 그 청천벽력 같은 소식을 들으면서 마음 한가운데를 송곳으로 찍는 아픔을 느꼈습니다.

사람들은 자신의 손가락에 달린 예리한 칼날을 너무 쉽게 휘둘렀습니다. 나보다 외모가 뛰어나서, 돈을 잘 버는 사람이라서, 관심을 많이 받는 사람이라서……. 그들의 손가락 칼부림은 끝내 한 사람의 인생을 좌절시켰습니다.

저는 '쉽게 쓰는 글'을 반대하는 사람입니다. 일주일이면 수억 원을 벌 수 있다는 자극적인 제목의 책, 더 이상 짧아질 수 없는 짧은 감성 에세이, 인터넷에서 짜깁기한 자기계발서. 이런 책들이 어쩌면 사람을 해칠 수도 있다는 생각까지 듭니다. 그렇게 보면, 여기서 말하는 글쓰기는 기술의 문제가 아니라 마음의 자세일 수 있습니다.

'쓰기'는 자신의 지적 수준을 불특정 다수에게 낱낱이 공개하는 행위입니다. 책이 인쇄되어 세상에 태어나는 순간, 나 자신보다 긴 생명력을 갖게 됩니다. 내가 죽고 나서도 책은 살아남아 후대에 나를 판단하는 근거 자료가 될 것입니다.

얼마 전에 찾아온 모 골프장 대표는 눈앞에서 천만 원을 내밀며 자신의 글을 대필해달라고 부탁했습니다. 저는 일언지하에 거절했지만, 그 돈을 보고 흔들리지 않았다면 거짓말입니다. 하지만 그 돈을 받는 순간 제가 지금까지 세워온 글에 대한 기준이 단번에 무너질 것을 직감했습니다.

안타깝게도 책을 쓰겠다며 찾아오는 대부분의 사람은 책

을 경제적 성공의 도구로 생각합니다. 저는 그들의 꿈을 깨뜨리는 것을 주저하지 않습니다. 책 출간만이 전부는 아닙니다. 책은 경제적인 성공을 담보하지 않습니다. 그 기대는 출간 이후 더 큰 허탈감으로 다가올 뿐입니다.

스페인 소설가 세르반테스는 "글은 글을 쓴 사람의 영혼을 보여준다"고 말했습니다. 글이 곧 나이며, 내가 쓰는 글이 나를 대신합니다. 한 글자 한 글자 책임감을 갖고 글을 써야 합니다. 내가 쓴 글은 나를 투명하게 세상에 드러내 보입니다. 그 이후에 많은 사람이 말하는 '셀프 브랜딩'과 '비즈니스를 통한 경제적 성장'이 이루어집니다. 쉽게 소비되는 글과 깊은 사유로 독자를 만나는 글, 여러분은 어떤 글을 쓰려고 하시나요?

모두 베스트셀러 작가가 될 수 없지만

2016년 8월에 출간된 이기주의 『언어의 온도』는 170만 부 넘게 판매되었습니다. 이 책이 출간된 시점에는 대중의 주목을 받지 못하다가 2017년에 연간 베스트셀러, 2018년에 가장 많이 팔린 책이 되었습니다. 책이 출간된 지 반년이 지나 베스트셀러가 되는 것은 출판 시장에서 매우 이례적입니다.

『언어의 온도』는 흔히 말하는 베스트셀러 공식을 거슬렀습니다. 저자가 유명한 것도 아니고, 유명 출판사에서 나온 것도 아닙니다. 그렇다고 대통령이 추천한 책도 아니고, TV·영화 등에 등장한 '미디어 셀러'도 아닙니다. 그런데 이 책은 베스트셀러가 되었습니다. 그래서 출판계는 오래도록 '이기주 미스터리'에 시달렸습니다.

이기주는 『서울경제』와 『헤럴드경제』에서 8년간 기자 생활을 하다 2010년 청와대 비서관실에서 연설문 작성자로 일했습니다. 신춘문예나 문학상을 통해 등단한 작가는 아니지만, 10

년 넘게 글로 대중과 소통해왔습니다.

이 책과 저자가 궁금해서 곧바로 서점에서 책을 구매했습니다. 저는 책을 구입하면 습관적으로 판권지를 먼저 살펴봅니다. 판권지에는 이 책에 대한 많은 정보가 담겨 있기 때문입니다. 판권지를 살펴보다 한 가지 흥미로운 사실을 발견했습니다. 바로 '발행인' 정보였습니다. 발행인은 보통 해당 책을 출간한 출판사 대표의 이름이 명시되어 있습니다.

저는 출판계에 몸담고 있으면서 웬만한 출판사 이름은 안다고 자부했는데, '말글터'라는 출판사는 다소 생소했습니다. 그런데 이 책의 발행인의 이름은 '이기주'였습니다. 즉, 『언어의 온도』는 '1인 출판사'에서 출간된 책이었습니다. 최근에는 1인 출판사가 많이 있지만, 이와 같이 엄청난 결과물을 1인 출판사가 내는 것은 사실상 불가능에 가깝습니다.

이쯤 되니 그의 수익이 궁금해졌습니다. 물론 정확한 계산은 어렵지만 어느 정도 예상은 해볼 수 있습니다. 한 신문에서 "『언어의 온도』 150만 부 돌파 기념 스페셜 에디션 출시, 이기주 작가 총 저서 판매 부수 200만 부 넘어"라는 것을 확인할 수 있습니다.

책 가격은 일반적으로 출판사가 결정합니다. 출판사는 서점에 책을 보내고 책 가격의 60~65%를 지불받습니다. 예를 들어 1만 5,000원인 책 한 권을 팔았을 때 출판사가 받는 돈은 9,000~9,500원입니다. 여기에 인쇄비와 종잇값, 디자인 비용, 원고 교정교열 비용, 사무실 임대료, 광고비와 인건비 등이 지출됩니다. 인세는 계약 형태에 따라 다르지만 보통 책 가격의 10%입니다.

2018년 8월 기준 『언어의 온도』는 150만 부를 넘었다고 했습니다. 이 책은 1만 3,800원인데, 서점에서 『언어의 온도』를 한 권 팔았을 때 출판사가 받는 금액은 8,300원에서 9,000원 사이로 추정할 수 있습니다. 『언어의 온도』로 약 135억 원의 매출을 올린 셈입니다. 이후 『말의 품격』 등의 출간으로 인한 추가 수익을 올렸을 것입니다. 그 때문에 그가 100억 원을 벌었다는 말이 전혀 근거 없는 이야기는 아니겠죠?

어떤 이는 그의 글을 통해 위로와 따스함을 느꼈다고 하고, 어떤 이는 대한민국 에세이 수준이 하향 평준화가 되었다고 합니다. 양쪽 의견 모두 이해가 됩니다. 그렇다면 『언어의 온도』는 왜 그렇게 선풍적인 인기를 끌었을까요? 그 이유에 대해 알아보려고 합니다.

① 이기주는 다작을 한 저자입니다

그는 『언어의 온도』 이전에 책 여섯 권을 출간한 저자입니다. 한 사람이 평생 책 한 권을 내기도 어려운데 책 여섯 권을 냈다면 분명 대단한 일입니다. 더 대단한 점은 여섯 권 모두 실패했음에도 불구하고 다시 책을 냈다는 것입니다. 여섯 권의 책을 출간하고 실패하는 과정을 겪으면서 그는 독자들이 원하는 글이 무엇인지 고민했을 겁니다.

글은 쓰면 쓸수록 좋아집니다. 글만큼 시간과 노력에 정비례하는 것도 없습니다. 그는 책을 낼 때마다 이 책이 독자들의 호응을 받지 못한 이유를 찾아냈을 것입니다. 게다가 기자 출신답게 사물을 관찰하는 능력이 일반 사람보다 뛰어났겠죠. 세상을 냉철하게 관찰하는 눈과 그것을 부드럽게 풀어내는 감성, 이 두 가지 요소가 분명 시너지를 냈을 것입니다.

② 소셜미디어를 적극적으로 활용했습니다

그는 2014년부터 인스타그램을 개설해 대중과 소통해왔습니다. 자신을 해시태그 하는 이들에게 일일이 '좋아요'를 눌렀고 댓글을 달아 한층 더 그를 가깝게 느끼도록 했습니다. 게다가 감각적인 사진 실력은 인스타그램에 맞게 '감성 사진'을 만들어냈습니다.

③ 시기가 적절했습니다

당시 우리나라의 정치·문화·사회 등 다방면에서 상처를 받은 사람이 늘어났고, 그들의 자존감은 많이 떨어졌습니다. 게다가 혼자이고픈 성향을 가진 사람들이 개인의 감정에 기반을 둔 행복과 만족을 추구하기 시작했습니다. 서로 연결은 되어 있지만 오히려 그 안에서 발생하는 새로운 유형의 고독이 늘어났습니다. 다시 말해 무엇이든 '함께'였던 문화에 염증을 느끼기 시작했습니다. 이는 사회 전반에 '혼자' 문화를 증폭시킨 이유라 볼 수 있습니다. 그래서 개인을 위한 위로·공감·배려에 대한 독자들의 욕구가 늘었습니다. 그 때문에 『언어의 온도』는 지친 젊은 사람들의 마음을 위로할 수 있었습니다.

④ 출판 시장의 트렌드를 읽었습니다

당시 베스트셀러 100위 안에 오른 책의 평균 쪽수는 340.5쪽으로 최근 5년간 가장 적은 것으로 조사되었습니다. 책 길이도 평균 149.2mm로 역시 최근 5년간 가장 작은 것으로 나타났습니다. 작은 책은 도서의 주 구매층인 20~30대 여성들의 핸드백에 들어갈 수 있습니다. 판형이 줄어드는 경향이 두드러지면서 책 한 권에 들어가야 할 텍스트의 양이 줄었습니다. 속도가 생명인 젊은 독자들에게 작은 책은 읽기 편해졌습니다.

그가 이것을 의도했는지는 알 수 없지만, 돌이켜보면 『언어의 온도』는 독자들의 사랑을 받을 만한 요소가 분명히 있었습니다. 그 중심에는 트렌드를 읽으려 하는 저자가 있었습니다. 내가 쓰고 싶은 책과 세상이 원하는 책, 그 둘 사이에서 고민하는 분들은 이기주의 『언어의 온도』 사례가 도움이 될 것입니다.

2장 출판 시장을 파악하자
2장 출판 시장을 파악하자
2장 출판 시장을 파악하자
2장 출판 시장을 파악하자
2장 출판 시장을 파악하자
2장 출판 시장을 파악하자
2장 출판 시장을 파악하자
2장 출판 시장을 파악하자

2장 출판 시장을 파악하자

2장 출판 시장을 파악하자
2장 출판 시장을 파악하자
2장 출판 시장을 파악하자
2장 출판 시장을 파악하자
2장 출판 시장을 파악하자
2장 출판 시장을 파악하자
2장 출판 시장을 파악하자
2장 출판 시장을 파악하자
2장 출판 시장을 파악하자

지피지기 백전백승

웬 출판 시장 현황이냐고 할 수 있습니다. 하지만 나를 알고 적을 알아야 전쟁에서 이길 수 있는 법이죠. 내가 진입하려는 시장에 대한 최소한의 정보는 알아야 내 목표를 이룰 수 있습니다. 한 해 동안 얼마나 많은 책이 출간되는지는 알아야 합니다.

2019년 기준 대한민국의 출판사 수는 6만 2,983곳입니다. 같은 해 우리나라에는 2만 5,687개의 치킨 전문점이 있었습니다. 맥도날드 매장은 전 세계에 3만 7,000여 개가 있습니다.

즉, 우리나라에는 전 세계의 맥도날드 매장만큼은 아니지만, 그에 상응하는 치킨 전문점이 있고, 그것의 2배가 넘는 출판사가 있다는 것입니다. 놀라운 사실입니다. 그런데 이상하지 않나요? 치킨집은 거리를 나가보면 한 집 걸러 한 집인데, 출판사는 도통 눈을 씻고 봐도 보이지 않는데 말이죠.

다시 출판 통계로 돌아와서 2019년 대한민국에서 출간된 책은 8만 1,715종입니다. 그중 최근에 많은 사람이 집필하고 싶어 하는 시·에세이·희곡 분야는 7,873종이 출간되었습니다. 이것을 단순 계산으로 7,873종÷12개월 하면 한 달에 656종의 책이 쏟아진 셈입니다. 교보문고나 영풍문고 등 대형 서점에서 이것을 확인할 수 있습니다. 그렇다면, 그 수많은 책 중에서 내 책이 독자들에게 발견될 확률은 얼마나 될까요?

하지만 이것은 1개월 기준입니다. 보통 신간 수명을 3개월로 가정한다면 각각 656종, 즉 1,968종 속에서 내 책이 독자들에게 선택받아야 한다는 말입니다. 이렇게 책이 많이 쏟아지는데, 과연 내 책이 독자의 선택을 받을 수 있을까요? 결론부터 말씀드리자면 가능합니다.

다시 출판 시장으로 눈을 돌려보죠. 출판사의 편집자들이 자신만의 출판사를 차리는 것이 유행이 되고 있습니다. 이들은 1인 출판사를 설립해 책을 만듭니다.

이제는 월급을 받는 사람에서 월급을 벌어야 하는 사람이 된 것이죠. 이 상황에서 원고가 투고되었다고 가정해보겠습니다. 대표는 마음속으로 '분명 이 원고는 베스트셀러가 될 거야' 하고 책을 출간했는데, 1년에 100권도 판매가 되지 않았다면? 이런 책이 1년에 다섯 권 이상 쌓인다면? 이 손해는 얼마가 될까요? 네. 맞습니다. 1억 원입니다. 물론 여러 가지 비용을 제외하고 최악의 상황을 가정한 것이지만, 실제로 대부분의 1인 출판사에서 일어나는 일이기도 합니다. 규모가 큰 출판사는 몇 종의 책이 판매가 되지 않아도 다른 책으로 상쇄가 되겠지만, 1인 출판사가 이 정도 손해를 입으면 주저앉기 십상입니다.

그렇다면 팔리는 책을 만들어야 한다면, 여러분은 어떻게 하시겠습니까? 답은 매우 단순합니다. '반드시' 팔리는 콘텐츠를 책으로 만들면 됩니다. 당연한 이야기라고요? 그럼, 이 부분에서 다시 한번 생각해보죠.

제가 이야기한 '팔리는 콘텐츠'는 어디에 많을까요? 잘 생각해보세요. 여러분이 하루에도 수십 번씩 들르는 곳, 바로 소셜미디어입니다. 많은 팔로워를 보유하고 있으며, 글을 쓰고 있는 인플루언서들의 콘텐츠를 책으로 만들어내는 것입니다.

예를 들어 A라는 인스타그래머가 있다고 해보죠. 그는 매일 인스타그램에 글을 업로드하고 있으며, 10만 팔로워를 보유하고 있습니다. 이를 유심히 지켜보던 한 출판사 대표가 제안을 합니다. "인스타그램에 있는 글을 저희 출판사에서 출간하시죠. 출간에 드는 비용은 모두 저희가 부담하겠습니다."

그는 고민 끝에 이 출판사와 계약하고 몇 개월 뒤 책을 출간했습니다. 인스타그램에 출간 소식을 알렸고, 팔로워들은 '좋아요'를 누르며 구매 인증샷을 올리기 바빴습니다. 그들은 카페와 야외에서 그의 책을 인증해 너도나도 올렸습니다. 결국 책은 얼마 지나지 않아 80쇄까지 찍는 경이적인 기록을 세웠습니다. 그리고 전국에서 저자 강연 요청이 쇄도했습니다.

실제로 이것은 최근 많은 출판사가 책을 출간하는 한 방식입니다. 출판사는 많은 팔로워를 보유한 인플루언서들에게 출간 제의를 합니다. 콘텐츠에 목마른 출판사도, 책을 출간하고 싶은 예비 저자도 '윈윈'하는 전략입니다.

정리하자면 출판 시장은 단군 이래 늘 불황이라는 말이 나올 정도로 책이 팔리지 않습니다. 하지만 아이러니하게도 매일같이 서점에는 신간 도서가 쏟아져나오죠. 바꿔 말하면 출판사는 책 출간이 본연의 업무입니다. 그렇다면 어떤 책을 출간할까요? 당연히 인지도가 있는 저자의 창작물을 출간하는 것이 수익을 높일 수 있는 방법이겠죠.

그렇다면 예비 저자들이 할 수 있는 일은 무엇일까요? 맞습니다. 출판사가 내 글을 잘 볼 수 있도록 소셜미디어를 전략적으로 활용해야 합니다. 지금 당장 블로그, 브런치, 페이스북, 인스타그램 등에 글을 올려보세요. 혹시 알아요? 내 글을 본 출판사가 연락을 해올지도요.

예비 저자가 알아야 할 출판의 종류

책을 내는 방법은 여러 가지가 있습니다. 지금부터 이야기할 네 가지 방법만 알고 있어도 충분한 도움이 됩니다. 다음의 내용을 꼭 숙지하기 바랍니다.

① 기획출판

저자가 원고를 집필한 뒤 출판사에 투고해 출간 계약을 맺는 것을 '기획출판'이라고 합니다(혹은 출판사가 저자에게 기획안을 제안해서 콘텐츠를 함께 만들어가는 것도 기획출판이라고 합니다). 내 원고를 계약했다는 것은 그것을 책으로 만들기 위해 소요되는 편집, 디자인, 마케팅 비용을 투자하겠다는 것입니다. 바꿔 말하면 '여러분(예비 저자)의 원고(콘텐츠)가 시장성이 있다고 판단됩니다'로 해석하면 되겠습니다.

예비 저자는 제작 비용을 출판사에서 투자받기 때문에 비용이 거의 들지 않는 장점이 있는 반면, 원고가 계약될 확률은 낮다는 단점이 있습니다. 출판사는 적지 않은 비용을 투자하기 때문에 수익을 올릴 수 있는 콘텐츠를 출간하기를 원합니다. 그래야 편집, 디자인, 마케팅 비용 등을 제하고 이익이 남기 때문입니다.

실제로 저에게 지금까지 수백 개의 원고가 투고되었으나 그중 계약을 한 원고는 단 한 건도 없습니다. 제가 과감하게 투자해서 수익을 얻을 수 있는 원고가 없었기 때문입니다. 바꿔 말하면 계약이 성사된다면 출판사는 원고를 '팔리는' 책으로 만들기 위해 열심히 노력하겠죠? 이때 저자와 출판사가 상호 협력해서 책을 만든다면 모두에게 이로울 것입니다. 내 콘텐츠가 시장성이 있다면 기획출판에 도전해보세요. 콘텐츠 기획에 어려움을 느낀다면 출판기획에이전시의 도움을 받는 것도 좋습니다.

② 자비출판

자비출판은 저자가 원고를 쓰고 자신이 제작 비용을 부담하는 방식입니다. 자비출판은 원고가 책으로 만들어질 확률이 100%입니다. 주로 책이 비즈니스에 필요한 강사, 유명 인사, 의사, 기업 CEO 등이 활용합니다. 이 방법은 책을 빠르게 제작할 수 있고 저자의 의견이 대부분 반영된다는 장점이 있습니다.

하지만 저는 득보다 실이 많다고 생각합니다. 앞서 언급한 기획출판은 출판사가 내 원고에 투자할 가치가 있다고 판단한 것이라면, 자비출판은 투자할 가치가 다소 떨어지는 것이 사실입니다. 이미 수백만 원에서 수천만 원에 이르는 제작 비용을 지불했기 때문에 출판사는 저자가 원하는 책으로 제작해주는 역할만 합니다(큰 기업의 CEO들은 제작 비용을 수억 원까지도 지불한다는 이야기가 있습니다).

출판사는 '한정된 예산' 안에서 이익을 많이 남기려고 책의 퀄리티에 큰 신경을 쓰지 않는 경우도 많습니다. 교정·교열을 덜 본다거나 상대적으로 인지도가 낮은 디자이너를 섭외해서 책을 만들기도 합니다(물론 국내에 자비출판을 잘하는 출판사도 많습니다). 이렇게 되면 여러 가지 문제가 발생할 가능성이 높아집니다.

무엇보다 치명적인 것은 퀄리티를 신경 쓰지 않은 책은 오류투성이일 확률이 높다는 것입니다. 오류투성이인 책은 출간되면 되돌릴 수 없습니다. 저자의 첫 책은 평생 이력에 남아 따라다니게 됩니다. 그러니 첫 책만큼은 내 원고에 관심을 갖는 출판사에서 내는 것이 미래를 위한 투자라고 생각하시기 바랍니다.

③ 크라우드펀딩

최근 예비 저자들이 많이 활용하는 방법입니다. 크라우드펀딩은 동시대 사람들의 취향을 저격하면서 성장한 플랫폼입니다. 자신의 콘텐츠에 대해 후원을 먼저 받은 다음(선판매 방식) 출간하는 방식입니다. 책은 내고 싶지만, 자금과 인력이 부족할 때 출판사나 저자가 크라우드펀딩을 합니다. 이는 출판사나 저자에게 금전적인 부담을 줄여줄 수 있고, 대중에게 콘텐츠를 노출해 홍보 효과도 기대할 수 있습니다.

2018년 화제작이었던 백세희의 『죽고 싶지만 떡볶이는 먹고 싶어』는 국내 대표적인 크라우드펀딩 사이트 텀블벅에서 펀딩을 받아 출간되었습니다. 초판 500부를 찍으려고 모금을 시작했는데, 무려 2,000만 원이 넘게 모금되어 2,000부를 찍게 되었습니다.

흔 출판사에서 정식 출간될 때에도 한 번 더 펀딩을 해서 1,200만 원이 넘게 모금되었습니다. 가수 요조의 독립서점 운영기 『오늘도, 무사』도 텀블벅 펀딩을 통해 정식 출간이 되었습니다.

이렇게 성공 사례가 많이 나오면서 크라우드펀딩이 활발하게 진행되고 있습니다. 하지만 크라우드펀딩을 한다고 해서 모두 성공하는 것은 아닙니다. 저자 또한 자신의 소셜미디어를 통해 적극적으로 펀딩 사실을 알리고 홍보해야 합니다.

④ 전자책(E-book)

2021년 1월, 교보문고에 따르면 코로나19가 본격화한 지난해 3월부터 연말까지 전자책 판매량이 전년 같은 기간보다 21% 늘었다고 합니다. 코로나 이슈가 심화되었던 지난해 3~4월, 9월, 11~12월에 판매가 집중되었고 해당 5개월간 평균 판매량은 다른 때보다 24% 증가했습니다. 전자책 스타트업 리디북스는 하루 판매액이 12억 원을 기록했습니다. 이는 코로나19로 집에서 머무는 시간이 늘어나면서 웹 소설 등 전자책 수요가 증가했기 때문입니다.

전자책 시장에 회의적이었던 저조차도 지금은 종이책보다 전자책을 선호합니다. 스마트 기기 하나로 수백 권의 책을 볼 수 있고 휴대가 간편하며 정보 검색이 매우 용이하기 때문입니다. 또한 개인 소장용이나 지인들에게 홍보할 용도라면 전자책을 추천하기도 합니다.

하지만 저자들의 입장은 조금 다른 것 같습니다. 전자책의 가장 아쉬운 부분은 손으로 만질 수 있는 물체가 아니라는 점입니다. 다시 말해 전자책의 단점은 실물로 내 책을 가질 수 없다는 것입니다.

그럼에도 불구하고 최근 들어 디지털 디바이스의 발전과 셀프 퍼블리싱에 대한 관심이 높아지면서 전자책 시장은 점점 그 영역을 넓히고 있습니다. 게다가 온라인 전자책 플랫폼(리디북스, 밀리의 서재, 윌라)이 앞다퉈 다양한 서비스를 제공하면서 독자들은 다양한 전자책을 접할 수 있게 되었습니다.

그렇다고 해서 종이책이 사라질 것 같지는 않습니다. 지난 20년 동안 매년 'Global Entertainment & Media Outlook'을 발표하는 프라이스워터하우스쿠퍼스에서 추정한 주요 전통 미디어의 수요 증가를 예측한 자료에 따르면 종이책을 제외한 다른 미디어는 2022년까지 꾸준히 감소할 것이라는 전망을 내놓았습니다. 이 보고서에 따르면 대부분 전통 미디어의 수요는 급속하게 감소하지만 유일하게 종이책 수요만은 증가하고 있습니다.

이렇게 종이책 수요가 증가하는 이유가 무엇일까요? 미국 출판협회 커뮤니케이션 이사인 머리사 블루스톤은 종이책이 다른 전통 미디어와 다른 감각적인 접촉(종이의 물성)을 할 수 있다고 말합니다. 이것은 전자책이 흉내낼 수 없는 감각입니다.

사람들이 책을 들었을 때 손에 느껴지는 종이의 느낌, 종이책에서 느껴지는 고유의 냄새, 종이책을 다 읽고 책장에 꽂을 때의 만족감과 충만감, 집 서재 가득 읽은 책 또는 읽을 책을 전시하는 기쁨.

저 역시 공감하는 말입니다. 오토바이가 만들어졌다 해서 자전거가 없어지지 않듯, 종이책 또한 마찬가지입니다. 종이책이 매력적인 이유는 종이의 감각을 대체할 수 있는 것이 아직까지 없기 때문입니다.

⑤ PDF 전자책

최근 '프리랜서 마켓'인 크몽(kmong.com)이나 탈잉(taling.me) 등에서 PDF 파일을 판매하고 있습니다. 이것은 자신의 노하우나 전문 지식을 간략하게 문서로 정리해 판매하는 방식입니다. 실제로 PDF 전자책에 대해 출간 문의를 하는 사람이 늘었습니다.

주 52시간제, 자기계발에 대한 욕구, 조기 은퇴, 비대면 확산에 따라 PDF 전자책에 대한 수요가 늘고 있습니다. 이와 관련해 유튜브, 블로그, 클래스101과 같은 여러 플랫폼에서 다양한 강의가 넘쳐나고 있습니다. 우선 PDF 전자책의 장점을 꼽자면 다음과 같습니다.

① 무자본으로 가능하다.

② 자신의 노하우나 전문 지식을 워드나 한글 문서에 정리하기만 하면 된다.

③ 주문이 들어오면 PDF 파일만 전달하면 되기 때문에 배송이 자유롭다.

그렇다면 PDF 전자책의 단점은 무엇일까요?

① 책? 아니면 발행물?

보통 책은 주민등록번호라고 할 수 있는 ISBN을 부여받아 출간됩니다. 책은 대형 서점에 입고되고 이후 별도의 ISBN(전자책용)을 부여받아 전자책 플랫폼에 등재됩니다. 하지만 이 'PDF 전자책'은 이 과정이 모두 생략됩니다. 한글이나 워드 파일을 PDF로 변형해 구매자들에게 판매하는 방식이라 정식 출간물이라기보다 발행물에 가깝습니다. 책은 서지정보에 등록되어 하나의 창작물로 기록되지만, PDF 전자책은 그렇지 못합니다. 다시 말해 PDF 전자책을 발행하고 전송하면 끝이죠.

② 폰트 주의

이것은 종이책도 마찬가지겠지만 폰트는 무료와 유료로 나

됩니다. 과거에 비해 무료 폰트가 많이 배포되었지만, 지금도 무료와 유료 폰트를 구별하지 않는 경우가 많습니다. 이는 저작권에 위배됩니다. 이 부분은 반드시 확인하시기 바랍니다.

③ 적은 페이지, 높은 가격

크몽이나 탈잉에 있는 PDF 전자책은 30~60페이지 기준 15,000~20,000원에 거래가 됩니다. 종이책은 250~300페이지가 13,000~15,000원임을 감안할 때 단순 비교해도 6~7배의 가격으로 비쌉니다.

④ 내용의 퀄리티

PDF 전자책으로 부업하라는 수많은 광고를 보고 저도 궁금해 전자책 몇 권을 구매해 읽어보았습니다. 결론적으로 모두 실망스러웠습니다. 내용이 충실하지 않거나 정보가 검증되지 않은 것이 많았습니다.

그렇다면 어떻게 해야 할까요?

① 즉시 적용할 수 있는 아이템을 활용할 것

PDF 전자책은 핵심 정보만 알려주는 것이 적절합니다. 실제로 적용 가능한 부분만 발행해 구매자가 직접 활용할 수 있도록 합니다. 크몽에서 'PDF 전자책'을 검색하면 총 3,752개의 전자책이 나옵니다(2021년 8월 2일 기준). 인기도순으로 정렬해보면 상위에는 '인스타그램을 통해 월 1,000만 원 버는 방법', '2만 팔로워 블로그 만드는 법', '해외 구매 대행으로 월 2,000만 원 버는 법' 등 구매자가 즉시 활용할 수 있는 콘텐츠입니다. 물론 그 내용이 충실하면서도 믿을 만한 정보여야 하는 것은 당연하겠죠?

② 과도한 비용 책정은 피할 것

상품의 가치가 높다면 소비자는 높은 금액을 지불하고서라도 구매합니다. 다만 이것은 사회적으로 해당 상품에 대한 인식이 그렇게 형성되었을 때 이야기입니다. 하지만 대부분 판매자들은 초보 셀러인 경우가 많습니다. 그렇다면 소비자는 무엇을 보고 구매할까요? '전자책으로 월 1,000만 원을 벌 수 있는 방법'이라는 똑같은 두 콘텐츠가 있다고 해보죠. 하나는 5,000원, 하나는 15,000원입니다. 여러분이라면 어떤 콘텐츠를 선택하시겠습니까? 가격은 구매자들의 만족도가 충분히 높아졌을 때 올려도 늦지 않습니다.

③ 짧을수록 전문적으로

이것은 글쓰기와 유사합니다. 사람은 자신이 없거나 충분한 지식이 없을수록 설명이 길어지게 됩니다. 내가 말하고자 하는 핵심만 전달하는 것이 중요합니다. PDF 전자책도 마찬가지입니다. 필요한 정보만 알려주는 것입니다. '전자책으로 월 1,000만 원을 벌 수 있는 방법'을 알려주기 위해서 '전자책이란?', '전자책의 유래'를 설명할 필요는 없습니다.

이렇게 출판의 종류 네 가지와 추가적인 한 가지를 알아보았습니다. PDF 전자책은 아직까지 출판의 범주에 넣기에는 다소 무리라는 생각이 듭니다. 그럼에도 양질의 콘텐츠는 수익을 만들어낼 수 있기에 충분히 도전해볼 만한 가치가 있습니다. 여러분이 지금 책을 쓰고 있거나 쓸 예정이라면 반드시 이 방법들을 숙지해 자신에게 맞는 방법을 찾아보시기 바랍니다.

3장 글쓰기를 위한 핵심 꿀팁
3장 글쓰기를 위한 핵심 꿀팁
3장 글쓰기를 위한 핵심 꿀팁
3장 글쓰기를 위한 핵심 꿀팁
3장 글쓰기를 위한 핵심 꿀팁
3장 글쓰기를 위한 핵심 꿀팁
3장 글쓰기를 위한 핵심 꿀팁
3장 글쓰기를 위한 핵심 꿀팁

3장 글쓰기를 위한 핵심 꿀팁

3장 글쓰기를 위한 핵심 꿀팁
3장 글쓰기를 위한 핵심 꿀팁
3장 글쓰기를 위한 핵심 꿀팁
3장 글쓰기를 위한 핵심 꿀팁
3장 글쓰기를 위한 핵심 꿀팁
3장 글쓰기를 위한 핵심 꿀팁
3장 글쓰기를 위한 핵심 꿀팁
3장 글쓰기를 위한 핵심 꿀팁

출간 기획서 작성법

"이 책을 왜 읽어야 하는가?"

책을 쓰려고 한다면 가장 먼저 고민해야 하는 것이 '출간 기획서'입니다. 이것은 집필 전 저자가 원고에 대한 확신이 있는지 확인하는 절차입니다. 내 책이 왜 출간되어야 하는지, 누가 읽어야 하는지, 책의 주제와 기획 의도는 무엇인지 등을 끊임없이 질문해야 합니다. 결국 '이 책을 왜 독자들이 선택해야 하는가?'에 대해 저자가 명백히 답을 찾아야 합니다.

이것을 문서 형태로 정리한 것이 출간 기획서입니다. 출간 기획서를 받아본 출판사는 원고에 대한 가능성(시장성)을 검토하겠죠. 시장성이 있다고 판단되면 저자와 계약을 맺고 책을 만들기 시작합니다.

얼마 전 원고 하나가 투고되었습니다. 제목이 자극적이어서 이메일을 열어보니 첨부파일 여덟 개가 들어 있었습니다.

① 출간 기획서

② 목차

③ 샘플 원고 1

④ 샘플 원고 2

⑤ 샘플 원고 3

⑥ 집필 과정 PPT

⑦ 글쓰기 명언 모음

⑧ 자작시

한눈에 봐도 혼란스러웠습니다. 혹시나 해서 열어본 출간 기획서는 더 가관이었습니다. 총 10장에 이르는 기획서는 이력서를 방불케 했고, 지난 10여 년 동안 아파트 동 대표까지 역임했다는 경력을 보니 순간 정신이 아득해졌습니다. 물론 동 대표 역임이라는 커리어가 원고와 직접적인 연관이 있다면 반드시 기입되어야 하겠지만 말입니다.

여기 또 하나의 투고가 있습니다. 그림책 원고입니다.

○○○ 출판사 편집장님께. 참신한 기획서와 감동적인 원고를 보내드립니다. 감사합니다.

이메일 전문에 들어 있는 '참신한'과 '감동적'이라는 단어는 원고에서는 전혀 느낄 수 없었습니다. 무엇보다 이 투고의 문제점은 '○○○ 출판사 편집장님께'에서 ○○○이 타 출판사의 이름이라는 것입니다. 이것은 삼성그룹에 면접을 보러 가서 LG그룹에 뼈를 묻겠다는 것과 같습니다. 결국, '귀하의 옥고를 분별할 우리의 능력이 부족합니다'라는 형식적인 답변으로 거절 의사를 밝혔습니다.

출간 기획서는 하나의 사업 제안서입니다. '내 아이템(콘텐츠)이 시장성이 있으니 귀사(출판사)의 투자를 원합니다'라는 서류죠. 사업 제안서에는 사업의 목적과 목표, 아이템의 내용, 소요 예산, 기대 효과 등이 기입됩니다. 예비 저자의 출간 기획서도 이것과 다르지 않습니다. 이 안에는 크게 여섯 가지 내용이 기재되어야 합니다.

① 저자의 인적 사항 : 저자 이름, 연락처, 간단한 약력

② 원고의 정보 : 제목(가제), 부제, 분량, 페이지 수

③ 원고의 기획 의도 : 이 부분은 다른 항목보다 더욱 중요한 정보입니다. 이 책을 저자가 '왜 썼으며', 이 책이 '왜 출간되

어야' 하는지, 이 책을 '누가 읽어야 하는가?'라는 질문의 총체적인 답변을 기입하면 됩니다.

④ 주요 독자층 : 『50 이후, 인생을 결정하는 열 가지 힘』이라는 책이 있습니다. 이 책의 독자는 누구일까요? 단순합니다. 50세를 목전에 두고 있거나 혹은 그 나이 언저리에 있는 사람들이 읽을 것입니다. 출판사의 책 소개에도 잘 나와 있습니다.

50 이후, 당신은 어떤 어른이 되길 꿈꾸는가? 변하는 세상과의 소통에 소외되지 않으면서도 자기다운 멋을 품을 수 있다면 더 좋을 것이다. 문제는 시간이 간다고 그런 어른이 저절로 되는 건 아니라는 점이다.……그 결과가 책에 소개된 몸, 마음, 일상, 환경, 기억, 생각, 관계, 감정, 태도, 역할 등 총 10개 영역에 관한 조언이다.

이 보도자료를 살펴보면 독자와 주제가 명확한 것을 알 수 있습니다. 이와 같이 주제가 명확하게 제시된 책과 '평범한 사람이 담담한 필체로 누구나 쉽게 읽을 수 있는 책'이라고 타깃팅된 책 중에서 어떤 책이 구매로 이어질 확률이 높을까요?

여기서 말하고자 하는 것은 예상 독자를 매우 구체적으로 타깃팅하라는 것입니다. 혹자들은 이렇게 질문합니다. '그렇게 세밀하게 타깃팅하면 읽어줄 사람이나 있을까요?' 타깃팅이 분명하다는 것은 저자의 기획 의도가 선명하다는 것입니다. 기획 의도가 선명하면 읽어줄 독자는 반드시 있습니다. 얼마 전 투고된 출간 기획서에는 독자층이 이렇게 적혀 있었습니다.

타깃 독자층 : 20~50대 직장인 및 전문직

확산 독자층 : 자영업자, 가정주부, 학생

거의 전 국민을 대상으로 한 타깃팅입니다. 주요 독자층을 설정하는 기본적인 방법은 '한 사람'만 설정하는 것입니다. 제가 실제로 연구생들과 독자층을 설정하는 방법은 이렇습니다.

예상 독자는 남성인가, 여성인가? → 나이는 몇 살인가? → 직업은 무엇인가? → 연봉은 얼마인가? → 주거 형태는 어떤가? → 미혼인가, 기혼인가?

여기에 트렌드를 고려해보면 생각보다 꽤 구체적인 독자층이 나옵니다. 원고를 집필할 때 이런 마음가짐으로 하면 좋습니다. '이 글을 읽어줄 사람이 단 한 명이라도 있겠지.'

⑤ 저자의 프로필 : 원고와 직접적인 연관이 있는 커리어만을 기입하고 허위를 기입한다든지 경력을 부풀리지 않아야 합니다. 거짓은 언젠가 들통 나기 마련이며 이는 독자들이 가장 먼저 알아볼 것입니다.

⑥ 저자와 연결된 소셜미디어 : 원고를 투고하면 출판사에서 많이 하는 질문 중 하나가 "저자님은 소셜미디어를 하세요?"입니다. 자본력이 있는 대형 출판사는 책이 잘되지 않았을 때 부담이 적은 반면 1인 출판사는 경제적인 타격이 매우 큽니다. 그렇다 보니 출간 전 저자에게 연결된 여러 소셜미디어 인프라에 어느 정도 기대를 거는 것도 사실입니다. 그래서 글을 쓰려는 예비 저자들에게 꼭 당부하는 것이 소셜미디어를 적극 활용하라는 것입니다. 한 명의 인플루언서는 의외로 많은 효과가 있습니다.

원고 작성법

자동차를 구매할 때 최종적으로 의사 결정에 영향을 주는 것은 무엇일까요? 바로 딜러의 응대입니다. 여러분이 첫 차를 구매한다고 생각해보세요. 구매하고자 하는 자동차의 스펙은 사전 조사를 통해 다 알고 있을 겁니다. 이 시점에서는 자동차의 제원과 실용성, 자신의 경제력 등을 다각적으로 판단해 구입할 자동차를 결정했을 확률이 큽니다.

그렇다면 이제 남은 것은 무엇일까요? 바로 '누구에게서 구매할 것인가?'입니다. 이때 빛을 발하는 것이 자동차 딜러의 영업력입니다. 소비자가 구매를 확정하도록 가장 편안한 상태를 만들어주는 것입니다. 자동차의 장단점을 구체적으로 말해주고, 자동차가 현재 소비자들에게 얼마나 실용적인지 어필하는 것입니다.

얼마 전, 부모님과 함께 자동차 매장 두 곳을 방문한 적이 있습니다. 한 곳에서는 매장에 들어가자마자 딜러가 부모님에게 자동차의 제원을 설명하기 바빴고, 한 곳에서는 자동차를 '왜' 구매하려는지 물었습니다. 저는 부모님이 고령이시고 목이 좀 불편해 편안한 차를 찾는다고 말했습니다. 두 번째 딜러는 자신의 부모님도 목 디스크가 있다며 얼마나 힘드시겠냐고 묻는 것이 아니겠어요? 결국 어느 딜러에게서 자동차를 구매했을까요? 두 번째 딜러에게 자동차를 구매한 것은 당연한 결과입니다.

원고도 마찬가지입니다. 원고 작성법이라고 해서 거창한 것이 아닙니다. '적어도' 이것만 지켜주면 원고를 검토해보는 사람, 즉 내 원고를 계약해줄 사람이 관심을 갖게 할 수 있습니다. 여기에서는 원고를 집필할 때 저자가 지켜주면 좋을 원고 작성법에 대해 이야기해보겠습니다.

① 모호한 문장

이메일 제목이 흥미로워 원고를 열어보았는데, 첫 문장부터 무슨 말인지 모르겠습니다. 원고에서 가장 많이 보이는 것이 '모호한' 문장입니다. 주어를 찾지 못해 방황하는 문장, 이중 삼중으로 덧대어진 목적어, 주술의 호응이 맞지 않는 문장. 그런데 중요한 것은 저자 자신이 그것을 모른다는 것입니다. 원고를 열어보니 첫 문장이 아래와 같았습니다.

제가 독서를 통해 직접 얻을 경험과 독서 강연을 준비하고 독서법을 알려드리면서 얻은 경험, 그리고 읽고 직접 경험했던 내용들을 책에 담아서 독서법과 관련된 책을 내려고 합니다.

이 문장 말미에는 자신이 3년간 1,000권에 이르는 책을 읽었고, 책 다섯 권을 집필한 기성 저자라는 것을 강조했습니다. 이 문장을 이렇게 바꿔보면 어떨까요?

제가 독서와 강연을 통해 얻은 경험들을 모아 (특정 대상에 대한) 독서법에 관련된 책을 출간하고자 합니다.

사실 위 문장도 충분한 설명이 되지는 않지만, 적어도 책 다섯 권을 집필한 기성 저자의 문장다워졌습니다.

② 오탈자와 띄어쓰기 오류

저자가 원고를 여러 번 검토했다는 것을 알 수 있는 척도는 오탈자와 띄어쓰기입니다. 집필을 하다 보면 한글 문서의 글자에 빨간색 밑줄이 그어지는 것을 볼 수 있습니다. 이 밑줄은 글자에 오류가 있다는 뜻입니다. 그것은 대부분 오탈자이거나 띄어쓰기 오류일 가능성이 높습니다. 이때 이것을 바로잡을 수 있는 방법은 '맞춤법 검사' 기능을 사용하는 것입니다.

빨간색 밑줄이 그어진 글자 사이에 커서를 두고 F8 키를 누르면 맞춤법을 검사해서 수정할 수 있는 창이 열립니다. 이곳에서 오탈자나 띄어쓰기 오류를 바로잡을 수 있습니다. 하지만 신조어나 외래어는 수정이 안 되는 경우가 있는데, 그럴 때는 네이버 맞춤법 검사기나 국립국어원 홈페이지에서 정확하게 바로잡을 수 있습니다.

③ 단어

많은 사람이 단어를 사전에서 찾아보지 않습니다. 책은 인쇄되면 돌이킬 수 없습니다. 어쩌면 내 목숨보다도 긴 생명력을 갖죠. 그렇다면 조금 더 정확하게 집필해야 하지 않을까요? 게다가 저자는 이 책을 팔아서 인세를 받게 될 것입니다. 돈을 받는다는 것은 그만큼 책임이 따르는 일입니다.

오래전 출판 상담을 요청한 사람이 있었습니다. 그는 대화 내내 '직관'이라는 단어와 '통찰'이라는 단어를 반복적으로 사용했습니다. 대화가 끝난 후 그에게 되물었습니다. "혹시 대화 중 언급하신 '직관'이라는 단어를 한 문장으로 설명해주실 수 있습니까?"

그는 당연하다는 듯 직관이라는 단어를 설명하기 시작했습니다. 1~2분 정도 설명을 했지만, 저는 그 내용이 정확하게 기억나지 않습니다. 명심하세요. 설명이 장황해지면 '모르는 것'입니다. '알고 있는 것'과 '알고 있는 것 같은 것'은 전혀 다른 것입니다.

④ 요약

저자조차 자신이 무슨 이야기를 하고 있는지 모르는 원고가 많습니다. 이럴 때 제가 예비 저자에게 "이 글을 한 문장으로 요약해보시겠어요?"라고 묻습니다. 이 질문은 예비 저자들에게 수없이 했던 질문 중 하나입니다.

예비 저자가 글을 한 문장으로 요약할 수 있다면 그 글은 매우 명확할 가능성이 높습니다. 글을 쓰기 전에 반드시 이 글을 통해 자신이 하고 싶은 이야기가 무엇인지 명확하게 정리해보세요.

⑤ 음독

원고를 읽을 땐 음독을 해보는 편입니다. 눈으로 읽는 것보다는 소리 내어 읽는 편이 낫습니다. 글을 쓴 후 출력해서 읽을 때 그제야 오탈자가 눈에 보였던 경험이 있으시죠? 소리 내서 읽으면 자신의 귀로 문장을 들을 수 있기 때문에 필터링이 됩니다. 이때 한 가지를 더 추가하면 좋습니다. 바로 '줄이기'입니다. 단어나 조사, 주어가 반복적으로 사용되었다면 줄이세요.

예를 들어 "한강은 내게 마음의 안정을 주는 장소이고, 사무실 옥상도 내게 안정을 주는 장소다"라는 문장이 있다고 가정해보죠. 이 문장에는 '내게 안정을 주는 장소'라는 글귀가 두 번 쓰였음을 알 수 있습니다. 이렇게 수정하면 어떨까요? "한강과 사무실 옥상은 내게 마음의 안정을 주는 장소다."

사실 이것은 누구나 쉽게 줄일 수 있는 문장이지만, 눈으로 읽을 때는 놓치기 쉽습니다. 반드시 원고 한 꼭지가 끝났을 때 소리 내어 읽어보기 바랍니다.

⑥ 상상을 현실로

저자는 작가(writer)라기보다는 화가(painter)입니다. 글로 독자의 머릿속에 그림을 그려주는 것입니다. 누구나 책이 원작인 영화를 본 경험이 있을 것입니다. 어떤가요? 혹시 영화를 보고 나서 이런 말을 한 적이 있나요? "에이, 책보다 못하네."

독자는 글을 머릿속에 그려가며 읽습니다. 책을 덮으면 이미 독자의 머릿속에는 그림이 그려져 있습니다. 바로 이 부분에서 감독과 독자의 괴리가 발생합니다. 명감독은 이 생각의 괴리를 최대한 좁히는 사람입니다. 독자의 머릿속에 보편적인 상(狀)을 그려주는 것입니다. 독자는 자신이 상상한 것과 가장 유사할 때 편안함과 동질감을 느낍니다. 당연히 영화에 대한 몰입도가 높아집니다.

만년 적자에 허덕이던 SAS 항공을 단번에 턴어라운드시킨 얀 칼슨 사장은 《비즈니스위크》와의 인터뷰에서 이런 말을 했습니다.

"우리가 조심한다고는 하지만, 우리도 인간이다 보니 하루에도 수없이 많은 짐을 잃었다가 찾곤 합니다. 그런데 우리는 승객의 짐을 찾아주는 문제 해결로 그치는 것이 아니라, 짐을 잃고 걱정하고 염려했을 그들의 마음을 충분이 공감하면서 진심 어린 사과를 합니다. 그렇게 하면 짐을 잃었던 고객들은 우리에게 등을 돌리는 게 아니라 오히려 우리의 영원한 충성고객이 됩니다."

지금까지 원고를 작성할 때 지키면 좋을 것들에 대해 알아보았습니다. 단 한 줄을 쓰더라도 앞서 언급한 여섯 가지만 충실히 이행한다면, 처음에 비해 놀랍도록 좋아진 글을 쓸 수 있을 것입니다. 독자의 마음을 움직이는 건 화려한 수사의 문장이 아닙니다. 독자의 눈높이에서 공감할 수 있는 글입니다.

프롤로그 작성법

영화 <조커>를 보셨나요? 조커 역의 호아킨 피닉스는 이 영화에서 비참하기 짝이 없는 광인 그 자체입니다. 그 자신조차 가늠할 수 없는 분노와 증오, 광기의 끝에서 끌어내는 깊은 슬픔. 그는 역대 어떤 조커보다도 슬프고 음울했습니다. 영화가 개봉하기 전, 예고편을 보고 '꼭 봐야지' 하며 다짐했던 기억이 있습니다.

신작 영화가 개봉할 때면 우리는 예고편을 볼 수 있습니다. 3분 남짓한 영상에는 사건이 일어난 계기(예를 들어 외계인이 침공했다거나), 주인공(그렇다면 그것을 누가 막을 것인지), 대략적인 전개(어떻게 막았는지) 등이 집약되어 있습니다. 예고편이 노리는 것은 단 하나입니다. 시청자들이 '지금 당장 보고 싶다'라는 마음이 들게 만드는 것입니다.

책도 마찬가지입니다. 책을 구매할 때 독자에게는 많은 선택지가 있습니다. 제목, 저자, 출판사 등 여러 가지가 있겠지만 무엇보다 프롤로그를 읽어봅니다. 프롤로그에는 책 내용이 요약되어 있죠('표지만 보고 책을 구매해본 적이 있는가?'라는 설문조사에서 그렇다는 64%, 그렇지 않다는 36%의 결과를 보이기도 했습니다).

프롤로그는 영화로 따지면 예고편과 같습니다. 독자는 프롤로그를 읽고 이 책의 대략적인 줄거리를 인식하고 구매 이유가 충족되면 계산대로 향하겠죠. 그 때문에 프롤로그는 매우 신경 써서 집필할 필요가 있습니다.

그렇다면 프롤로그에는 어떤 내용이 들어가면 좋을까요? 프롤로그는 일종의 기획서입니다. 기획서에는 프로젝트명, 목적, 목표, 대상, 결과, 기대 효과 등이 들어있습니다. 즉, 책 제목의 이유, 집필한 의도, 주독자층, 어떤 공감을 얻어낼 것인지에 대한 내용이 요약되어 절묘하게 녹아있어야 합니다. 생각해보세요. 해외에서 배가 고파 식당을 찾는데 식당 앞에 메뉴판이 있다면 자신이 들어갈지 말지 쉽게 판단할 수 있지 않을까요? 여기에서는 프롤로그에 들어가면 좋을 내용을 이야기해보겠습니다.

① 집필 이유

이 책을 집필하게 된 이유, 동기, 의도 등을 독자에게 이야기해줍니다. 저자의 나이가 몇 살이고, 어디서 태어났고, 형제

관계는 어떻게 되는지 쓰지 마세요. 프롤로그를 읽었는데 본문의 내용이 궁금할 정도라면 성공한 겁니다. 독자들이 어서 빨리 다음 장으로 넘어가고 싶은 마음이 들게 하세요.

② 책의 주제

독자가 책의 주제를 명확하게 알 수 있도록 해주세요. 주제는 저자가 전달하고자 하는 중심 생각을 말합니다. 주제를 정하지 않고 글을 쓰면 목표를 정하지 않고 항해를 떠나는 것과 같습니다.

③ 대상 독자 알려주기

이 부분은 출간 기획서 작성법에서도 말씀드렸습니다만, 정확한 독자 설정이 중요합니다. 두루뭉술하게 '청년층', '모든 사람' 등의 말은 피합니다. 이 책은 원고를 투고하기 전 반드시 지켜야 할 기본 원칙에 대해서 이야기하겠다고 말하면, 집필 전이나 투고 전에 예비 저자들이 읽을 확률이 높겠죠?

④ 독자가 이 책에서 얻어갈 수 있는 것

독자는 비용을 지불하고 자신의 시간을 투자해 책을 읽습니다. 이때 독자는 어떤 생각을 할까요? 투자 대비 더 많은 것을 얻고자 하겠죠? 그것이 정보든 재미든 말이죠. '내가 독자에게 확실한 한 가지는 알려주겠습니다'는 마음으로 글을 써주세요. 이 책을 읽고 나면 독자가 무엇을 알게 되고, 무엇을 할 수 있게 되고, 무엇을 얻을지 분명하게 밝혀주세요.

⑤ 책의 구성 및 활용법

독자가 무언가를 따라 해야 한다면, 활용법을 넣어주어야 할 때도 있습니다. 이 책의 '출간 기획서를 어떻게 써야 할지 알려주는 것'처럼 말이죠.

⑥ 다른 책과 차별성

기존에 출간된 도서의 내용과 비슷하다면 굳이 독자가 내 책을 선택해야 할 이유는 없을 것입니다. 그 때문에 독자에게 내 책이 다른 책과 어떤 점이 다른지, 다른 책에 없는 것이 무엇인지 알려주면 좋습니다.

⑦ 개인 소셜미디어

이것은 프롤로그보다 책날개에 들어가면 더 좋습니다. 요즘에는 소셜미디어를 하는 분이 많으시죠? 자신의 블로그, 브런치, 페이스북, 인스타그램, 유튜브, 카카오스토리, 네이버 밴드 등 자신을 가장 잘 드러낼 수 있는 소셜미디어를 표시해둔다면 독자들이 훨씬 더 쉽게 저자에 대한 정보를 얻을 수 있을 것입니다.

⑧ 프롤로그는 언제 쓸까?

처음 책을 쓰는 사람들은 대부분 프롤로그를 먼저 집필하는 경향이 있습니다. 물론 프롤로그를 원고 집필 전에 쓰느냐, 집필 후에 쓰느냐는 저자의 선택입니다. 그런데 책을 집필하다 보면 애초에 기획했던 의도가 변하는 경우도 있고, 생각을 덧댈 때도 생깁니다. 그 때문에 저는 원고 집필이 모두 끝난 후에 프롤로그를 집필하는 것을 추천합니다. 이때는 책의 주제가 처음보다 더욱 명확해질 테니까요. 그러면 책에 대한 소개, 주독자층 등을 구체적으로 이야기할 수 있습니다.

이상 여덟 가지로 나누어 프롤로그에 들어갈 내용을 살펴보았습니다. 프롤로그는 아주 중요한 역할을 합니다. 책의 전반적인 분위기를 알려주고 궁금증을 유발할 수 있는 요소입니다. 실제로 프롤로그만 읽고 책을 구매하는 독자들도 있습니다. 책의 첫 시작! 여러분이라면 어떻게 쓰시겠습니까?

퇴고는 원고의 퀄리티를 높인다

미국 소설가 어니스트 헤밍웨이는 “모든 문서의 초안은 끔찍하다. 글 쓰는 데에는 죽치고 앉아서 쓰는 수밖에 없다. 나는 『무기여 잘 있거라』를 마지막 페이지까지 총 39번 새로 썼다.”라고 말할 정도로 퇴고에 심혈을 기울였습니다. 퇴고가 무엇이기에 39번이나 새로 썼을까요? 사실 저도 이 글을 몇 번이나 고쳤는지 모르겠습니다. 아마 이 책이 출간되고 나서도 아쉬움은 남을 것입니다.

퇴고는 ‘검토’가 아닙니다. 어쩌면 원고 집필보다 힘든 작업일 수 있습니다. 때로는 고심 끝에 집필한 원고를 삭제해야 할 수도 있고, 일정 부분을 다시 써야 할 수도 있습니다. 담금질을 많이 한 쇠가 단단해지듯 글도 퇴고를 많이 할수록 좋은 글이 됩니다. 인쇄가 되고 나면 더 이상 수정이 불가합니다. 이제 퇴고할 때 검토해봐야 할 것들을 살펴보겠습니다.

① 너무 길지 않은가?

다음은 실제 집필한 원고의 일부입니다.

일전에 학생들이 청학동에 예절 교육을 갔습니다. 2주 동안 청학동에 내려가서 한자도 쓰고, 공부도 하고, 아침에 일찍 일어나면서 기존과는 다른 생활 습관을 만들었습니다. 그런데, 갑자기 이 친구들이 생활하기가 너무 힘들어서 "그래, 우리 서울로 다시 가자" 하면서 마을 밖으로 한참을 걸어나갔다는 이야기를 들었습니다. 그때 선생님들도 또 서울에 계신 어머님들도 난리가 나셨습니다. 일회성 캠프로는 아이들의 습관과 태도를 바로잡는다는 것은 참으로 어렵습니다. 아이들이 계획을 잡고 실천을 하다가도 다시 원래의 습관대로 돌아가기도 합니다. 다이어트를 하다가 다시 요요 현상이 오는 것과 마찬가지이지요. 습관이 몸에 배어 들기 위해서는 시간이 필요하고요. 어머니의 의지력과 아이들의 의지력이 함께 필요합니다.

처음 문장을 볼 때에는 불필요한 부분이 있는지 검토합니다. 문장이 길거나 복잡할 때는 간략하게 문장을 써보는 것이 좋습니다.

예절 교육을 갔다 → 일찍 일어나서 힘들다 → 탈출했다 → 난리가 났다 → 습관은 힘들다 → 의지력이 필요하다.

문장은 더는 줄일 수 없을 때까지 줄인 다음 필요한 문장을 덧붙이면 좋습니다. 먼저 잘게 쪼개져 있는 첫 문장은 하나의 문장으로 합쳤습니다. '예절 교육을 가고', '2주 동안 공부해서 다른 습관을 만들고자 했습니다'를 합쳤습니다. '다이어트'와 같은 불필요한 단어는 삭제했습니다. 마지막으로 '시간'이라는 단어를 문장에 넣었고, '어머니의 의지력과 아이들의 의지력이 함께 필요합니다'는 '의지력'이라는 단어가 중복되었기에 줄였습니다. 결국 다음과 같은 글이 되었습니다.

일전에 2주 동안 청학동 체험을 하던 친구들이 힘들어서 그곳을 탈출했다는 이야기를 들은 적이 있습니다. 결국 그 일로 인해 집과 학교에서는 난리가 났음은 불 보듯 뻔한 일일 것입니다. 체험 한 번으로 습관을 만드는 것은 매우 힘듭니다. 일상의 관성에서 벗어나야 하기 때문입니다. 결국 부모님과 아이들의 시간에 따른 의지가 매우 중요합니다.

문장이 조금 더 간략하고 깔끔해진 느낌이 듭니다.

② '저는'을 반복하고 있지 않은가?

이런 문장이 있다고 해보죠.

I went to school. I studied history. I came home.

이 문장에서 주어인 'I'를 생략한다면 문법적으로 성립되지 않습니다. 하지만 우리말이라면 상황은 달라집니다. 한국어는 주어를 생략해도 말이 됩니다. 아니 오히려 유연해집니다. '나는 학교에 갔다. 역사 공부를 했다. 집으로 돌아왔다'보다는 '나는 학교에 가서 역사 공부를 한 뒤 집으로 돌아왔다'가 더 깔끔하죠.

③ '슬프다'라고 쓰고 있지 않은가?

안도현 시인의 「스며드는 것」이라는 시를 아시나요? 이 시를 처음 접했을 때의 충격은 아직도 생생합니다. 그날 밤 엄마에게 안부 전화 한 통 하지 않고는 잠에 들 수가 없을 정도였으니까요.

이 시 어디에도 '슬프다' 혹은 '모정(母情)'이라는 단어는 찾아볼 수 없습니다. 하지만 누구라도 이 시를 읽는다면 자신의 목숨을 버리면서까지 자식들을 지키려는 게의 절절한 모성애를 뼛속까지 느낄 수 있을 것입니다. 이 시가 '엄마의 모정은 절절합니다'라고 말했다면 이토록 빼어난 시가 될 수 있었을까요?

④ 생생하게 표현할 수 있는가?

초고를 집필할 때 많이 볼 수 있는 유형입니다. 대략 이런 식입니다.

2002년 월드컵, 그날 광화문 광장에는 엄청난 인파가 몰렸다.

'엄청난 인파'라는 문장은 읽는 이가 어느 정도의 규모인지 짐작할 수 없습니다. 그저 각자의 주관대로 상상할 뿐입니다. 이렇듯 많은 원고에서 '매우, 엄청, 많이, 아름다운, 소박한, 담담한' 등의 표현을 자주 접할 수 있습니다. 어떤 면에서 저자는 글 쓰는 사람이 아닙니다. 그림을 그려주는 사람(painter)입니다. 독자들의 머릿속에 글을 세세하게 그려주는 사람입니다.

다음 문장은 미국 소설가 F. 스콧 피츠제럴드의 『위대한 개츠비』에서 톰 뷰케넌의 인상을 묘사하는 장면입니다.

그는 좀 무뚝뚝하게 생긴 입과 거만한 태도에 밀짚 색깔의 머리카락을 한 서른 살의 건장한 남자가 되어 있었습니다. 얼굴 전체에 거만한 두 눈이 번쩍거리는 탓에 늘 공격적으로 몸을 앞으로 기울이고 있다는 인상을 풍겼습니다. 승마복의 여성적인 우아함조차도 그의 몸집이 지닌 엄청난 힘을 숨기지 못했습니다. 그가 신은 번쩍이는 부츠가 맨 위쪽 끈이 팽팽할 정도로 부풀어 올라 있었습니다. 어깨가 움직일 때는 얇은 상의 아래로 우람한 근육이 꿈틀거리는 것이 보였습니다. 거대한 지렛대의 힘을 가진 육체, 한마디로 무자비한 육체였습니다.

어떤가요? 글을 읽는 것만으로도 그가 어떤 모습과 성향을 가지고 있는지 대략적으로 짐작할 수 있지 않나요? 그를 '그는 거만합니다'라는 한 문장으로 설명한다면 독자들은 각자의 기준으로 '거만'을 이해할 것입니다.

책을 집필하면서 저자의 중요한 역할 중 하나는 저자가 의도한 바를 최대한 자세하게 독자들의 머릿속에 그려주는 것입니다. 저자가 굳이 그림으로 보여주지 않아도 글을 보고 독자들이 머릿속에 비슷한 그림을 그려야 합니다. 이 네 가지 방법만 지켜도 원고의 퀄리티는 높아질 것입니다.

딱 한 줄만 읽어보면 안다

퇴고는 꼭 해야 할까요? 다시 봐도 무엇을 고쳐야 할지 모르겠고, 혼신의 힘을 쏟았기 때문에 쳐다보기 싫은데 말입니다. 수백 페이지의 원고를 다시 본다는 것은 고역에 가깝습니다. 그렇지만 작가들이 중요하다고 입을 모으는 퇴고는 글쓰기 과정에서 반드시 필요합니다. 이때만큼은 과유불급이라는 말을 머릿속에서 지우셔도 좋습니다.

사실 퇴고는 하면 할수록 끝이 없습니다. 보면 볼수록 고칠 부분이 생깁니다. 그러니 퇴고를 하면 최소한 오탈자와 띄어쓰기 오류는 없어지기 마련이겠죠? 그렇기 때문에 많은 편집자가 딱 한 줄만 읽어보면 원고가 읽을 가치가 있는지 없는지 안다고 합니다.

실제로 제대로 퇴고가 되지 않은 원고가 대부분입니다. 아마도 이것은 자신이 온 힘을 다해 쓴 글을 타인에게 빨리 보여주고 싶어서 혹은 다시 보기 싫은 '귀찮음' 때문에 발생합니다.

저 또한 시간에 쫓기거나 성급한 마음에 퇴고를 하지 못한 적이 많습니다. 그러나 퇴고하지 않은 원고는 그것을 고치는 데 오히려 곱절의 시간이 소요됩니다. 성급히 원고를 집필하게 되면 시간이 흘러 다시 읽었을 때 '내가 왜 글을 이렇게 썼지?' '정녕 내가 쓴 글이라고?'라며 자괴감에 빠집니다. 힘들수록 기본에 충실하면 답은 의외로 가까운 곳에 있습니다. 오탈자, 띄어쓰기, 음독. 그리고 반복, 반복, 반복 말입니다. 누구나 알고 있지만 제대로 되지 않는 것이 퇴고입니다.

퇴고는 '글쓰기' 실력을 향상시킵니다. 자신의 글을 고치다 보면 생각의 폭과 깊이가 확장됩니다. 무엇을 고민한다는 것은 발견, 발전, 새로운 사고를 전제로 합니다. 무엇보다 초고는 절대 완벽할 수 없습니다. 타인이 글을 고쳐주어도 내가 스스로 그것을 고민하지 않는다면 아무 소용이 없습니다. 이제 퇴고를 제대로 하는 방법을 알아보겠습니다.

첫째, 원고 집필 후 일주일 뒤에 퇴고하는 것입니다. 일정 시간 뒤에 퇴고하는 것은 원고를 쓸 당시 생각의 관성에서 벗어나기 위해서입니다. 그렇기에 또 다른 시각으로 원고에 접근할 수 있습니다. 실제로 글이 많이 다듬어지는 것은 퇴고할 때입니다. 이때는 '독자의 눈'으로 원고를 읽을 수 있습니다.

둘째, 거시적 관점에서 미시적 관점으로 이동하는 것입니다. 원고 전체의 흐름을 살필 때도 마찬가지입니다. 원고의 제목과 비교해 글이 주제에서 벗어나 있는지 살핍니다. 이때 원고를 살펴보는 방법은 '내가 하고자 하는 이야기를 한 문장으로 요약할 수 있는가?'입니다. 사설이 길어지면 저자도 무엇을 이야기하고자 하는지 흔들릴 때가 많습니다. 명심하세요. 여러분이 이야기하고자 하는 바를 딱 한 문장으로 요약해보세요.

셋째, 문장의 오류가 없는지 살펴봅니다. 주술의 호응은 올바른지, 이중 주어나 목적어를 썼는지 등 면밀히 살펴보는 것입니다.

넷째, 단어의 사용이 정확한지 살펴봅니다. 내가 '알고 있는 단어'와 '알고 있는 것 같은 단어'는 무척 다릅니다. 내가 설명할 수 없는 단어는 반드시 사전을 찾아봐야 합니다.

다섯째, 긴 문장이나 중복된 문장은 과감히 삭제합니다. 이런 문장은 글을 읽는 독자들의 호흡을 가쁘게 만듭니다. 짧게 끊어주고, 불필요한 부분은 삭제해야 합니다.

지금까지 퇴고하는 다섯 가지 방법을 알아보았습니다. 퇴고를 많이 할수록 글은 확실히 좋아집니다. '초고는 쓰레기다'라는 유명한 말처럼 뛰어난 작가들도 초고는 끔찍하다고 말할 정도입니다. 하물며 일반인에게는 말할 것도 없습니다.

뛰어난 작가일수록 퇴고에 매진합니다. 문장의 순서를 바꾸고, 맞춤법, 오탈자, 띄어쓰기, 줄 바꿈, 단어만 적절하게 사용해도 매끄러운 글이 됩니다. 긴 글을 쓰는 것도 능력이지만, 그것을 짧게 줄이는 것은 더 큰 능력입니다. 물론 '나는 할 만큼 했다'고 하는 분들이 있을 것입니다. 이제 더는 손댈 수가 없다고 생각할 수 있습니다.

그럴 때는 타인에게 일독을 권하는 것도 좋은 방법입니다. 내 글을 접해보지 않은 이들에게 읽힘으로써 보이지 않던 문장의 오류를 발견할 수도 있습니다. 혹시 지금 '에잇! 귀찮아!' 혹은 '몰라! 될 대로 되라지!'라며 퇴고하지 않은 원고를 투고하고 있지는 않은가요?

목차가 절반이다

이제 막 글쓰기를 하려는 사람들이 가장 어려워하는 것은 바로 목차입니다. 혹자는 이야기할 거리가 많다며 목차를 세우지 않고 처음부터 생각나는 대로 써나가기도 합니다. 하지만 이들은 곧 얼마 지나지 않아 십중팔구 이런 말을 합니다. "이제 쓸 거리가 없어요."

건축으로 따지면 목차는 골조 공사입니다. 다시 말해 건축물의 하중을 견디도록 뼈대를 세우는 일입니다. 뼈대가 튼튼하다면 애초 설계한 대로 건물을 지을 수 있습니다.

글도 마찬가지입니다. 이런 과정 없이 써나간 글은 방향을 잃기 쉽습니다. 목차가 완성되었다면 절반은 쓴 거나 다름없을 정도입니다. 그렇다면 목차는 어떻게 구성해야 할까요?

목차 구성에는 정답이 없습니다. 이것은 저자마다 방법이 다르니 각자 자신에게 맞는 방법을 찾아서 활용하면 되겠습니다. 먼저 자신이 쓰고 싶은 글의 분야가 무엇인지 정확하게 파악하는 것이 중요합니다. 아래의 도서 분야를 보고 여러분이 쓰고자 하는 글이 어느 분야에 속하는지 확인하세요.

소설/시/희곡, 에세이, 인문, 역사, 예술, 종교, 사회, 정치, 자연과학, 경제, 경영, 자기계발, 인물, 유아, 어린이, 청소년 전집, 만화, 라이트노벨, 여행, 요리, 육아, 가정, 살림, 건강, 취미, 잡지, 대학교재, 국어, 외국어, 사전, IT, 모바일, 공무원, 수험서, 자격증, 초등 참고서, 중고등 참고서, EBS 교재 (예스24 기준)

여러분이 '독서법'에 대해 쓴다면 책은 자기계발 분야로 분류가 될 것입니다(물론 타분야로도 분류가 가능합니다. 이를 테면 자녀교육). 다음은 인터넷서점에 들어가 독서법에 대한 책을 찾아보는 것입니다. 조사를 하다 보면 생각보다 독서법에 대한 책이 많다는 것을 알 수 있습니다. 책을 하나하나 찾아보고 자신이 쓰고자 하는 방향과 맞는 도서를 다섯 권 정도 추려봅니다.

그리고 그 책의 목차를 살펴보면서 '내가 쓸 수 있는 것'과 '나와 비슷한 상황'이라고 생각되는 책의 목차를 따로 정리해보세요. 그렇게 정리된 목차에 내가 쓸 수 있는 이야깃거리를 한 문장으로 정리해둡니다. 이런 식으로 여러 번 다듬어 나가다 보면 나만의 목차를 대략적으로 구성해볼 수 있습니다.

제가 첫 책을 쓸 때 '만다라트 차트'를 활용해 목차를 구성한 적이 있습니다. 이것은 일본 야구 선수인 오타니 쇼헤이가 고등학교 시절 작성해 화제가 되었던 차트입니다. 총 아홉 개 칸으로 구성된 만다라 차트는 중심에 목표를 적고 주변에 목표를 달성하기 위한 필요조건을 채워 넣는 방식입니다.

<그림 1>과 같이 중앙에 '3개월 안에 내 책 쓰기'라는 목표를 설정했다고 해보죠. 제일 먼저 해야 할 것은 주변 여덟 칸에 그 목표를 이루기 위해 자신이 해야 할 것들(필요한 것들)을 채워 넣는 것입니다.

독서	콘텐츠 수립	쓰기 연습
재정 상태	3개월 안에 내 책 쓰기	출판사 조사
책 쓰기 사업	대인 관계	시간 관리

<그림 1>

첫 번째 과정이 끝났다면 이제 조금 더 구체적으로 작성해 볼 차례입니다. 첫 번째 아홉 칸을 둘러싸는 또 다른 아홉 칸을 만드는 것입니다. 목표를 위한 소목표는 다시 대목표로 분류됩니다.

<그림 2>

예를 들어 '쓰기 연습'에 대한 차트를 작성한다고 가정해보

죠. 그리고 그것을 위한 필요조건은 무엇이 있는지 생각하며 한 칸씩 채워 넣어보세요. 여기서 중요한 것은 끝까지 생각하는 것입니다. 생각이 안 난다고 포기하지 마세요.

필사해보기 1 (칼럼)	필사해보기 2 (문학 장르)	소셜미디어 인플루언서 찾아보기
책 한 권 선정 후 고쳐 쓰기 해보기	쓰기 연습	하루에 한 개씩 짧은 글 써보기 (어플활용)
정성적인 댓글 달아보기	기업 인사말 찾아서 고쳐 써보기	매일 일기 쓰기

<그림 3>

<그림 3>처럼 '쓰기 연습'을 위한 필요조건을 써넣는 것입니다. 상황에 따라서는 다시 다른 차트로 가져와 추가적으로 채워 넣을 수 있습니다. <그림 1>에서 보이는 것처럼 목표에 대한 필요조건들은 '장(章)'으로 구성될 수 있습니다. 또 <그림 3>처

럼 필요조건들은 장을 이루기 위한 소주제로 나뉠 수 있습니다. 다시 말하면 책의 목차는 이런 형태가 될 수 있습니다.

주제 : 3개월 만에 내 책 쓰기

1장 : 쓰기 연습

소주제 1 : 필사해보기 1, 2

소주제 2 : 정성적인 댓글 달아보기

소주제 3 : 하루에 한 개씩 짧은 글 써보기

앞에서 언급한 것처럼 많은 사람이 목차 구성이 어렵다며 일단 쓰면서 생각해보겠다고 말합니다. 그러나 목차 없는 글은 산으로 가기 마련입니다. 명심하세요. 생각의 울타리를 만들어 놓으면 그 안에서 일관된 글쓰기가 가능해집니다. 목차 구성에 걸리는 시간을 아까워하지 마세요.

제목을 먼저 정해야 하는가?

"저는 제목이 없으면 글을 쓸 수 없어요."

얼마 전 집필을 시작한 한 예비 저자가 찾아와 말했습니다. 미리 제목을 정해야만 마음이 편안하고 글을 쓰기가 쉽다는 것이었습니다.

결론부터 말하자면 제목을 먼저 정할 필요는 없습니다. 제목이나 프롤로그는 원고가 완성될 즈음에 고민해도 괜찮습니다. 아니, 오히려 그 편이 더 낫습니다. 여러분 마음속에는 쓰고 싶은 주제를 하나씩 가지고 있습니다. 그것이 내 이야기든, 내 주변을 관찰한 이야기든 말입니다. 다만 그것을 글로 써내는 것이 쉽지 않기 때문에 '쓸 거리가 없다'고 생각하는 것입니다. 저는 지금 이 글을 왜 쓰고 있을까요? 시간이 남아서요? 아니죠. 글쓰기를 시작하려는 '예비 저자들'에게 '원고가 계약되는 법'을 알려드리기 위해서입니다.

여러분도 글 쓰는 목적에 따라 '퇴사를 앞둔 33세의 김 대리'에게, '독립하려는 31세의 김영미 씨'에게, '부동산에 투자하려는 29세의 김민철 씨에게' 등 독자 타깃팅을 명확하게 할 필요가 있습니다. 이 부분은 추후에 다시 이야기하기로 합니다.

『기획자의 책 생각』의 저자 이정훈은 이렇게 말합니다.

계산이 앞선 '이성주의자'와 행동이 앞선 '모험주의자' 중 성과를 내는 것은 모험주의자들이었다. 이것저것 잴 것 다 재는 이성주의자들은 제목과 목차가 정해지지 않으면 시작을 불안해하는 경향이 있었고, 일단 시작하는 모험주의자들은 꾸역꾸역 자신과 싸우며 한 꼭지씩 약진해나갔다. 조금씩 쌓인 원고는 얼마 뒤 책이라는 결과물로 나타나곤 한다.

저는 이 말에 많은 공감을 합니다. 이것저것 재고, 따지고, 생각하다 보면 결국 시작도 하기 전에 '이 일은 나와 맞지 않아'라고 생각하고 포기합니다. 어떤 일을 착수할 때는 계획을 세웁니다. 시작은 거창하죠. 개요를 어떻게 짜고, 과정은 어떻게 흘러갈 것이며, 어떤 결론에 도달할 것인지 아주 자세하게 계획합니다.

물론 계획이 잘 진행되어 예상한 목적지에 도착하면 문제가 없습니다. 하지만, 어디 계획이라는 것이 항상 순탄하게 흘러가던가요? 무엇을 하든 변수가 존재하고 의도와 달리 전혀 다른 방향으로 흘러가기 마련입니다.

여기서 중요한 문제점이 발생합니다. 어떤 사람들은 자신이 정한 목표(B)로 가지 못할 것 같은 생각이 들면 그것을 멈추거나 포기해버린다는 것입니다.

글쓰기도 마찬가지입니다. 책은 하루 만에 집필할 수 있는 것이 아닙니다. 시작과 동시에 오랜 시간 꾸준한 노력들이 축적되어 만들어지는 것입니다. 그 결과는 애초에 설정한 방향대로 흐르지 않을 가능성이 높습니다. 그 과정까지 감수해야 하는 것이 작가의 숙명입니다.

그 때문에 우리는 의식의 전환이 필요합니다. 반드시 내가 예상한 대로 흘러가지 않는다는 것을 머릿속에 염두에 두어야 합니다. 결국 아래와 같은 공식이 성립됩니다.

즉, 계획은 있지만 그것이 어디로 흘러갈지 아무도 모른다는 것을 사전에 인지하고 있어야 한다는 것입니다. 마지막에 도달하는 곳이 '목표(B)'인 것입니다.

그런데 이것이 쉽지 않습니다. 시작은 했지만 미래가 희미하기 때문에 불안합니다. 이것은 인생과 비슷합니다. 사람들은 자신이 하는 행동의 결과가 명백하기 바랍니다. 그러나 인생에 명백한 일은 없습니다. 죽어라 공부해서 삼성에 입사하고 3년 뒤 퇴사할 수도 있는 것입니다. 미래는 아무도 모릅니다.

이성주의자들은 '정해지지 않은 것'에 불안해하는 경향이 있습니다. 제목을 정하지 못해 고민하고, 프롤로그를 쓰지 못해 본문 집필을 시작하지 못합니다. 제가 드리고 싶은 말씀은 이겁니다. '주저하지 마세요. 일단 시작하세요. 주저하는 순간에도 시간은 흘러갑니다.' 지금 주저하고 있다면 당장 컴퓨터를 켜고 한 줄이라도 써보면 어떨까요? 여러분의 꿈을 응원합니다.

하루에 10꼭지도 쓸 수 있다

책을 출간하고 싶다며 찾아온 예비 저자가 있었습니다. 그는 앉은자리에서 쉬지 않고 자신의 이야기를 꺼내놓았습니다.

"저는 글쓰기가 능숙해서 마음만 먹으면 하루에 10꼭지도 쓸 수 있어요."

"금방 씁니다."

"한 달이면 한 권 써요."

실제로 그는 하루에 여덟 꼭지를 써온 적도 있습니다. 그에게 글쓰기는 속도전처럼 보였습니다.

보통 자신감이 넘치는 저자는 두 부류로 나뉩니다. 한 부류는 그 분야에 정통해서 정제된 쓰기가 가능한 사람이고, 또 한 부류는 그 분야를 아예 모르는 사람입니다. 안타깝게도 그는 후자였습니다. 그의 글은 주제 없이 빙빙 돌기 일쑤였고, 설명만 늘어놓는 수준이었습니다.

그것을 보니 엄청난 감동이 밀려왔다. 뜨거운 눈물이 흘렀다. 그날 저녁 나는 매우 슬펐다.

철저히 개인 감정 중심 글이었습니다. 그 때문에 감정은 오롯이 그만의 느낌이었고 그것을 공감하기는 어려웠을 수밖에요(이런 원고는 출간될 확률이 높지 않습니다). 그렇게 출간된 책은 서점에서 금방 사라져버립니다. 알베르 카뮈는 말했습니다. "분명하게 글을 쓰는 사람에게는 독자가 모이지만, 모호하게 글을 쓰는 사람에게는 비평가만 몰려들 뿐이다."

급히 먹은 떡이 체하는 법입니다. 계약을 한 시점부터 출간까지는 최소 3개월에서 길게는 1년까지도 걸립니다. 지금 집필을 시작했다면 우선 성급한 마음을 내려놓으시기 바랍니다.

나만의 주제를 찾는 법

“저는 인생에 굴곡이 없어요.”

“저는 보통 사람이라 쓸 거리가 없어요.”

대부분 글을 쓰려는 사람들이 하는 말입니다. 그렇다면 생각을 한 번 해보죠. 책은 인생에서 그 누구도 할 수 없는 경험을 한 사람만 쓸 수 있는 것일까요? 대형 서점에 있는 책은 모두 그런 사람이 쓴 것일까요? 답은 ‘아니오’입니다. 누구나 경험해보았을 법한 일을 관찰을 통해 집필한 경우가 대부분입니다.

최근에는 이런 현상이 더 두드러집니다. 책을 내고 싶은 평범한 사람이 증가했기 때문이겠죠. 하지만 평범한 것도 비범하게 보여야 출판사와 독자의 관심을 받을 수 있습니다. 그렇다면 인생이 둥글둥글 굴곡이 없고 보통 사람인 내가 어떻게 글을 써야 할까요? 여기 간단한 방법이 있습니다.

① 위기를 기회로

2018년 피자헛은 최고의 인기를 구가하고 있던 연예인을 광고 모델로 내세워 신제품 '갈릭 마블 스테이크'의 새로운 광고를 선보이려 했습니다. 그런데 광고 송출 바로 3일 전 광고 모델이 논란에 휩싸이게 되었습니다. 피자헛은 당시 인기 있는 셀럽을 주로 활용해왔는데, 문제는 셀럽이 스캔들에 휩싸일 경우 해당 브랜드 역시 타격을 받을 수밖에 없다는 점입니다.

그런데 피자헛은 기발한 아이디어로 사람들의 이목을 집중시키는 데 성공합니다. 바로 광고 모델이 노출된 장면을 전부 삭제하고 스토리보드 스케치 컷으로 대체한 것입니다. 이 영상은 기존 완성도 높은 CF 촬영분과 광고 초기 엉성한 스케치 컷 간 간극을 극대화하며 '바이럴 마케팅'에 성공합니다.

이 광고는 삽시간에 각종 커뮤니티로 빠르게 퍼져 나갔고, '위기를 기회로'의 모범답안으로 평가되고 있습니다. 광고는 총 2편으로 제작되었습니다. 동아리 편은 조회수 115만 회, 부부 편은 조회수 139만 회를 각각 기록했습니다. 하나만 더 알아볼까요?

2020년 3월, 코로나 바이러스가 경제에 큰 타격을 줄 때 포항시와 포항시어류양식협회는 강도다리 활어회 '드라이브 스루' 방식을 도입했습니다. 그 결과 준비한 물량이 연일 바닥나며 완판 기록을 세웠습니다. 첫날 300개, 다음 날 500개, 그다음 날 1,500개, 마지막 날 1,500개가 모두 팔렸습니다.

이 두 사례처럼 어울리지 않을 것 같은 콘텐츠의 조합으로 위기를 기회로 만든 경우가 있습니다. 누가 '활어회=드라이브스루'와 연결할 생각을 했을까요?

② 반대로 생각해보세요

반대로 생각해보는 것도 도움이 됩니다. 평소 당연하게 생각했던 것들에 대해 질문하며 콘텐츠를 만들어갈 수 있습니다. 일화를 하나 소개하겠습니다.

일전에 함께 일하던 이정훈 기획자가 '책 쓰기'에 대한 책을 집필하겠다고 말했습니다. 우리는 서울 광화문 교보문고에 가서 '책 쓰기'에 대한 책을 조사했습니다. 관련 도서들을 조사해보니 도서의 제목과 디자인은 제각각이지만 한 가지 공통점을 발견했습니다.

1년에 ○○○권 읽기

빠르게 읽기

한눈에 봐도 다독(多讀)을 권하는 도서들이 주를 이루었습니다. 책 제목은 동시대 사람들의 심리를 반영합니다. 시대에 편승하는 것도 중요하지만 그와 정반대의 목소리를 내보는 것도 효과적인 방법입니다. 그날 사무실로 돌아와 그는 블로그에 다음과 같은 제목의 글을 남겼습니다.

10권을 읽고 1,000권의 효과를 얻는 책 읽기 기술.

다독을 강권하는 시대 분위기에 맞서 적게 읽기(少讀)라는 화두를 던졌습니다. 그리고 본문에는 중요하지만 간단한 실천 사항 몇 가지를 적어두었습니다.

그로부터 며칠 뒤 놀라운 일이 벌어졌습니다. 그동안 조회수가 변변치 않았는데 한 달 만에 11만 6,311회를 기록했습니다. 그리고 해당 글을 올리고 난 뒤 한 가지 가설을 세울 수 있었습니다. 바로 '독자들은 많이(혹은 빠르게) 읽는 것에 지쳐 있다'는 것입니다.

이후, '적게 읽기'에 대한 글을 지속적으로 업로드했고, 이런 내용을 책으로 출간해서 높은 판매고를 기록했습니다. 아직도 이 책을 읽고 책과강연을 찾는 사람이 많습니다.

③ 프레임을 만들어볼 것

일전에 한 여성이 책과강연을 찾아왔습니다. 회사원인 그녀는 여행이 취미라고 말했습니다. 매일 똑같이 돌아가는 회사 생활이 지겨워 여행을 다니기 시작했는데, 바쁜 와중에 여행을 다녀왔다는 소문이 나면 직장 동료들이 싫어할까 봐 흔적 없는 여행을 한다고 했습니다. 그녀가 택한 방법은 '단 하루 만에 다녀오는 해외(일본) 여행'이었습니다. 주중 바쁘지 않은 수요일이나 목요일을 택해 아침 일찍 비행기에 탑승해서 저녁 늦게 돌아오는 콘셉트였습니다.

책의 기획 의도는 "이 책은 직장인 여성이 일본을 여행하면서 느낀 자유로움을 담담한 필체로 기록한 글입니다"에서 "이 책은 30대 초반의 여성이 매일 같이 반복되는 직장 생활에서 벗어나고자 하루 탈출이라는 콘셉트로 가까운 해외인 일본을 다녀오면서 느낀 일탈에 대한 즐거움과 하루 일본 여행 꿀팁을 알려주는 글입니다"로 보완되었습니다.

이후 좋은 출판사와 계약되어 책이 출간했습니다. 출간 이후 국제 도서전을 비롯해 여러 곳에서 강연을 했고 지금도 활발히 활동하고 있습니다.

이 세 가지 방법만으로도 독특한 콘셉트의 콘텐츠를 기획

할 수 있습니다. 오늘 당장 여러분의 이름 석 자를 적어보세요. 그리고 나와 연결되는 키워드들을 하나씩 써보시기 바랍니다. 의외의 곳에서 나의 콘텐츠를 발견할지도 모릅니다. 포화된 시장을 자세히 들여다보면 그곳에 많은 기회가 있습니다.

구체적으로 쓰는 법

표현력을 높이면 글에 생동감이 생깁니다. 생각해보니 원고를 검토하면서 가장 많이 하는 말이 "조금 더 구체적으로 써보세요"입니다. 글을 구체적으로 쓰려면 상황(사물)을 세밀하게 관찰하는 방법밖에 없습니다. 지금 어떤 상황을 설명하고자 한다면 조금 더 구체적으로 쓸 것을 제안합니다.

"주말에 뭐했어요?"

"영화 보고, 저녁 먹었습니다."

한 주가 지나고 월요일에 출근하면 직원들에게 묻는 질문입니다. 놀랍게도 대답은 정해져 있습니다. 영화를 보고 밥을 먹거나 커피를 마시거나. 대동소이한 답을 듣다 보면 더는 물을 수 없습니다. 그렇다면 "주말에 뭐했어요?"라는 질문에 이렇게 답해보면 어떨까요?

"코엑스 메가박스에서 이번에 개봉한 호아킨 피닉스 주연의 <조커>라는 영화를 보았습니다."

"그래요? 그 영화를 보고 난 소감은 어떤가요?"

물론 한 가지 사례이기는 하지만 답을 구체적으로 하면 말할 거리가 생깁니다.

"밥을 먹었습니다", "영화를 보고 큰 감동을 느꼈습니다"라는 대답보다 "수요미식회에 나왔던 성수동의 ○○식당에서 우동을 먹었습니다", "영화를 보고 매일 고생하시는 우리 엄마가 생각났습니다"라고 답해보세요. 아마도 상대방과 즐거운 대화가 가능할 겁니다.

조금 더 구체적으로 쓰는 법

'사과.'

이 단어를 읽으면서 자음(ㅅ)과 모음(ㅏ)을 떠올리는 사람은 많지 않을 것입니다. 십중팔구 빨간 사과나 녹색 사과를 떠올리게 되겠죠. 어쩌면 용서를 비는 사죄의 '사과'라는 단어를 떠올리는 사람도 있을 것입니다.

이처럼 사람의 뇌는 단어를 단어(text)로 인식하는 것이 아니라 그림(image)로 인식합니다. 글을 쓰는 사람은 말하고자 하는 단어를 구체적으로 설명해 머릿속에 생생하게 그려지게 해 주어야 합니다. 그 글이 대중의 공감을 불러일으켰을 때 소위 말하는 '잘 쓴 글'이라고 할 수 있습니다.

글을 '쓴다'는 것은 독자들의 머릿속에 그림을 '그려주는 것'과 같습니다. 저자의 생각을 독자들의 머릿속에 그려주는 것이 효과적인 글쓰기입니다. 이것은 소셜미디어에도 탁월한 효과를 불러일으키죠. 독자들은 공감하는 글에 '좋아요'를 누르기 때문입니다.

'쓰기'는 생각을 정리해서 그것에서 발생되는 사고를 도출하는 과정입니다. 이것은 '생각'이라는 과정을 거쳐야 하기에 힘들기도 합니다. 그러나 글쓰기는 스스로 생각하게 해줍니다. 그 생각을 한 줄의 글로 완성했을 때 짜릿함을 주죠. 이것이 글쓰기의 매력이라고 할 수 있겠습니다.

그렇다면 '구체적으로 글을 쓰는' 방법은 어떤 것이 있을까요? 어떻게 하면 독자들이 좋아할 만한 글을 쓸 수 있을까요? 가장 쉬운 방법은 바로 모호한 표현을 더욱 확실하게 하는 것입니다.

예를 들어 잘생긴 남자가 있다고 해볼까요. 누군가 '그는 어떻게 생겼어?'라는 질문에 '그 사람은 잘생겼다'라고 답해버리면 상대방의 머릿속에는 상세한 이미지가 그려지지 않을 것입니다. 하지만 '그 사람은 185cm 정도의 키에 얼굴은 원빈을 닮았다'라고 표현한다면 어떨까요? 상대방의 머릿속은 원빈의 얼굴이 그려졌을 것입니다.

다음은 소설가 김훈의 『화장』의 한 구절입니다. 책 속 화자는 아내의 임종 직후를 이렇게 표현했습니다.

아내는 죽음을 향해 온순히 투항했다. 벌어진 입술 사이로 메말라 보이는 침이 한 줄기 흘러나왔다. 죽은 아내의 몸은 뼈와 가죽뿐이었다. 엉덩이 살이 모두 말라버려서 골반뼈 위로 헐렁한 피부가 늘어져 매트리스 위에서 접혔다.

이 구절에는 '슬프다', '가슴 아프다'라고 직접적으로 언급하는 부분이 없습니다. 단순히 상황을 구체적으로 묘사해나갈 뿐입니다. 그러나 저자가 느꼈을 감정이 고스란히 가슴 한편에 콕 하고 박힙니다.

이렇듯 저자는 상황을 자세하게 묘사해서 저자가 의도한 대로 독자의 감성을 이끌어낼 수 있습니다. 이것을 '구체적으로 쓰기'라고 말하고 다른 말로 '관찰(觀察)'이라고 표현합니다.

버스를 타고 지나치는 풍경들을 내려서 걸으면서 보면 버스 안에서 보았던 그것과는 전혀 다르다는 것을 알 수 있습니다. 그제야 동네의 과일가게에서 어떤 과일을 판매하고 있는지, 과일 가게 할머니의 표정은 어떤지 자세하게 관찰할 수 있습니다.

한 가지 사례를 더 들어보겠습니다. 밤늦은 시각 공원에 빈 의자가 있습니다. 평소에는 그냥 빈 의자였을 것입니다. 그러나 걸음을 멈추고 빈 의자를 바라보고 있으면 '늦은 밤'과 '빈 의자'가 왠지 모를 쓸쓸함을 더해줍니다. 그 느낌은 '기다림'이라는 단어로 연결될 것이고, '기다림'은 돌아오지 않는 연인에 대한 가슴 저릿한 이야기로 이어질 수 있습니다. 간단한가요? 맞습니다. 간단합니다. 좋은 글은 어렵고 복잡한 글이 아니라 쉽고 간결한 글입니다.

타인에게 읽히는 글을 쓰려면 개인 감정에 빠져서는 안 됩니다. 독자가 상황을 그릴 수 있게 조금 더 자세히 이야기를 해줄 필요가 있습니다. 그리고 그들의 마음을 이해할 수 있어야 합니다. 그것이 통했다면 독자들은 내 이야기에 공감할 것입니다.

더욱 구체적으로 쓰는 법

피씨방 출입문에 붙은 종이 한 장이 눈길을 끕니다.

'아, 맞다! 우산!'

하얀 여백에 검은 글씨로 투박하게 써놓은 이 종이 한 장은 한동안 인터넷을 뜨겁게 달궜습니다. 이것을 찍어 트위터에 올렸더니 이틀 만에 1만 건 이상의 리트윗, 1,300건 이상의 추천을 받았습니다. '놓고 가는 물건이 없는지 다시 한번 확인하세요'라는 문구가 적혀 있었다면 어떨까요? 아마도 이야기는 조금 달라지지 않았을까요?

글을 하나 더 볼까요?

고민

하게 돼

우리

둘 사이

– 하상욱, 「축의금」

『서울 시』에 실린 하상욱 시인의 시입니다. 그의 글은 공감을 불러일으키는 힘이 탁월하다는 평가를 받았는데요. 이 시절 실제로 저는 지인들의 결혼식이 많아서 늘 얼마를 내야 할지 고민했습니다. 그러다 결국 조금 더 친하다고 생각되는 사람에게 더 많은 축의금을 냈던 기억이 있습니다. 이렇듯 누구나 한 번쯤은 해보았을 법한 고민들을 위트 있게 풀어내니 그의 글은 꽤 인기가 있었습니다.

대부분 대중이 공감하는 글은 '좋아요'가 많습니다. 내가 언젠가는 한 번쯤 겪었을 법한 이야기들, 나만 그런 것이 아니라 다른 사람들도 나와 같은 경험을 했다는 동질감을 주는 글들. 거기에서 우리는 서로가 다르지 않음을 느낍니다.

아주 오래전 인류의 수렵생활을 떠올려보면 그들에게 사냥과 채집은 생계와 직결되는 것이었습니다. 그 때문에 많은 관찰력을 요했습니다. 버섯을 채집할 때에도 독이 있는지 없는지 구별해야 했고, 바스락거리는 소리가 야생 동물인지 적들의 침입인지 구별해야 했습니다. 관찰은 그들에게 생존의 조건이었습니다. 그러니 자연스럽게 관찰력이 높았겠죠?

현대인들은 조금 다릅니다. 앞선 시대보다 관찰력이 퇴보했다고 봐도 과언이 아닙니다. 관찰력이 부족해도 생존의 위협을 받지 않게 되고, 당장 먹고사는 일이 급하다 보니 주변을 둘러볼 여유조차 없는 것이죠.

일전에 비즈니스 미팅 때문에 한 장소를 일주일에 두 번씩 방문해야 했던 적이 있었습니다. 먼 거리는 아니었지만 귀찮다는 이유로 매번 자가용을 이용해서 방문했습니다. 어느 날, 차가 고장 나는 바람에 어쩔 수 없이 대중교통을 이용해서 가야 했는데 실수로 한 정거장 전에 내리게 되었습니다. 내릴 곳을 제대로 확인하지 못한 나 자신을 책망했지만, 다행히 미팅 때까지는 시간이 넉넉했습니다. 날씨도 선선했고 간만에 생각도 할 요량으로 걸어가기로 했습니다. 걸음을 옮기자 다소 생소한 광경이 눈에 들어오기 시작했습니다. 그곳엔 매번 신호에 걸려 쳐다보던 과일가게가 있었는데, 이전엔 단지 그곳에 가게가 있다는 것만 인지하고 다녔을 뿐 자세히 볼 기회가 없었습니다. 그러나 길을 걸으며 과일가게를 보니 형형색색의 제철 과일이 눈에 들어왔고 조금 더 가까이 다가가니 코끝을 찌르는 달콤한 과일의 향을 맡을 수 있었습니다. 깊게 팬 이마의 주름이 두드러진 가게 주인의 표정 또한 인상 깊게 살펴볼 수 있었습니다.

관찰은 나의 시선을 외부로 옮기는 것입니다. 오늘 바람은 어떠한지, 상대방의 옷차림은 어떠한지, 카페의 연인들의 속삭임은 어떠한지. 상황을 미루어 판단하지 말고 있는 그대로 관찰을 해야 합니다. 관찰을 효과적으로 하기 위해서는 어떻게 해야 할까요?

첫째, 느림의 미학입니다. 서점을 방문해보면 세상이 얼마나 빠르게 변하고 있는지 체감할 수 있습니다. '자존감이 대세다'라는 말에 자존감과 관련된 책들이 쏟아져나오고, '코로나' 시대에는 포스트코로나에 대한 책이 쏟아집니다. 지금은 주식과 부동산이죠? 무엇이 옳고 그른 것인지에 대한 판단의 기준마저 생각할 겨를이 없습니다. 그런 세상에서 한 발 물러나 걸음을 멈추고 조금은 느리게 갈 필요가 있습니다.

둘째, 기록입니다. 느림의 미학을 발휘했다면 그것을 기록으로 남겨놓는 것입니다. 기록은 사라져가는 과거를 붙잡아줍니다. 나의 시선이 머무는 곳을 자세히 관찰하는 시간을 갖습니다. 그 안에서 무엇인가를 보게 된다면 그것을 기록하세요.

저에겐 글을 쓰기 시작하면서부터 항상 가지고 다니는 물건이 있는데, 바로 소형 사진 인화기입니다. 독서를 하거나 특정한 상황을 보았을 때 머릿속에 그려지는 이미지가 있습니다. 그 이미지는 순식간에 사라져버리기 쉽죠. 바로 그때 그 이미지와 가장 맞는 사진을 찾아 출력해 노트에 붙여놓습니다. 그리고 그 사진을 보면서 나만의 생각과 감정을 글로 옮깁니다. 이러한 방법은 탁월한 효과가 있습니다. 그 이미지에 맞는 글쓰기 요소를 찾아내는 능력을 제공해줍니다.

노트북만 들고 진득하게 앉아 있을 곳을 찾아보세요. 카페도 좋고, 날씨 좋은 봄날 잔디밭도 좋습니다. 장소가 정해졌다면 관찰을 시작합니다. 오감을 통해 사물을 세세하게 관찰해봅니다. 만져보고, 맡아보고, 느낌을 적어보세요. 맛을 본다면 그 맛을 여러 갈래로 느껴도 보고 전체적인 풍미를 느껴보기 바랍니다. 그 지점이 관찰의 시작입니다. 이것을 꾸준히 해나간다면 언젠가는 여러분의 글쓰기에 꼭 필요한 재료가 될 것입니다.

매일 쓰는 습관 만들기

글쓰기는 '자신을 알리는 창(窓)'이자 타자를 의식하는 행위입니다. 우리는 매일 씁니다. 카카오톡 메시지, 이메일, 블로그 포스팅, 댓글 등 하루에도 수십 번씩 글쓰기를 합니다. 이렇게 생활 글쓰기가 체화되어 있지만, 우리는 또다시 글을 쓰고 싶어 합니다.

일전에 온라인서점(예스24)에서 글쓰기 책을 구매한 사람들을 조사해보니 30~40대의 비중이 전체의 66.1%였습니다. 놀랍지 않나요? 우리는 보고서, 기획서, 메신저, 소셜미디어 등 전방위적으로 글을 쓰고 있는데, 또 글쓰기라니요?

SNS에 글을 올렸더니 많은 사람이 글이 좋다며 칭찬을 해준다면 어떨까요? 생각만 해도 기분이 좋지 않나요? 그런데 현실은 그렇지 못합니다. 사진을 올려두고 무엇을 쓸지 고민만 하다가 결국 해시태그 몇 개를 올립니다. 저도 그렇습니다. 기껏 장문의 글을 써놓고 몇 번이나 지웠다 썼다를 반복합니다.

멋진 사진과 함께 올린 잘 쓴 글은 수많은 '좋아요'를 부르기도 합니다. 이렇게 사람들이 내 글을 좋아하게 되면 언젠가 나만의 책을 한번 내보고 싶다는 열망이 생깁니다.

최근 저를 찾아오는 예비 저자 중에 평범한 회사원으로 살아가다 자신의 책을 내서 두 번째 인생을 시작하고 싶다고 말하는 사람이 많습니다. 자신의 이름으로 된 책 한 권쯤 갖는다는 것은 생각만 해도 근사하지 않나요? 그 때문에 많은 사람이 책 쓰기 커뮤니티를 찾아옵니다.

몇 년 전만 해도 책 쓰기 커뮤니티는 손에 꼽을 정도였습니다만, 지금은 헤아리기 어려울 만큼 많이 늘어났습니다. 그만큼 내 글을 쓰고 싶어 하는 사람이 늘어났음을 반증하는 것입니다.

글쓰기를 통해 인생 역전하려는 사람이 많습니다. 실제로 그런 분위기를 조장하는 곳도 더러 있습니다. 하지만 분명히 말해두지만 책 한 권을 출간한다고 해서 인생에 엄청난 변화(특히 경제적으로)가 오지 않습니다. 물론 그런 경우도 있기는 하지만 그것은 복권에 당첨될 확률보다 어렵다는 것을 알아두면 좋겠습니다.

타인의 도움을 받지 않고 책 한 권을 쓴다는 것은 자신에게 큰 영향을 줍니다. 스스로에게 많은 질문을 하게 되고 답을 구하는 과정에서 지식의 영역을 넓혀갑니다. 그런 과정 속에서 책은 탄생하는 것입니다.

글쓰기는 정직합니다. 읽는 만큼 넓어지고 쓰는 만큼 깊어집니다. 기본적으로 읽기가 되지 않으면 글을 쓸 수 없습니다. 그래서 생활 글쓰기와 독서는 매우 중요합니다. 과거에 비해 독서율이 떨어졌지만, 여전히 많은 사람이 독서를 즐깁니다. 서점에서 구매한 책을 읽거나 온라인에 게재된 글을 읽습니다.

그러다가 흥미가 생긴 사람들은 직접 글을 쓰기도 합니다. 글쓰기는 매우 어려운 작업입니다. 자기 생각을 나타내는 것이지만 대부분 어디서부터 시작해야 할지 막막해합니다. 여기 지속적인 글쓰기 습관을 기를 수 있는 몇 가지 방법을 제시해보겠습니다.

첫째, 기다리지 마세요. 혹자는 글감에 대한 영감이 떠오를 때까지 기다렸다가 글을 쓴다고 합니다. 그러면 절대 글쓰기를 할 수 없습니다. 먼저 컴퓨터를 켜세요. 복권도 사야 당첨될 가능성이 생기듯 글도 쓸 준비가 되어있어야 합니다. 그리고 하루에 글 쓸 시간을 정해서 쓰세요. 글은 꾸준히 써야 합니다. 이 과정 속에 답이 있습니다.

둘째, 환경 변화입니다. 헬스장에서 매번 같은 운동을 반복하는 사람을 볼 수 있습니다. 우리 몸은 반복 학습에 적응하면 그 작업을 쉽게 수행할 수 있도록 변합니다. 그 때문에 자극을 받는 부분만 발달합니다. 글쓰기도 마찬가지입니다. 작가가 되려면 환경 변화가 중요합니다. 오늘은 작업실에서 집필해보기도 하고 다음은 이태원이나 홍대의 카페에서 글을 써보세요. 하루는 적게 썼다가 다음날엔 많이 쓰기도 해보세요.

셋째, 다양한 분야의 책을 읽어야 합니다. 특정 분야의 책은 잘 모른다는 이유로 읽지 않게 됩니다. 그러다 결국 나의 성향에 맞는 책만 골라서 읽게 되죠. 평소 읽지 않는 분야의 책 한 권을 선택해 아주 조금씩 읽어보세요. 한 권만 제대로 읽어도 독서가 즐거워집니다. 다양한 책을 많이 읽을수록 생각과 표현의 폭이 넓어집니다.

마지막으로 글을 지워야 합니다. 의외로 많은 사람이 자신의 글을 지우는 것을 어려워합니다. 당연한 이야기입니다. 고심에 고심을 거듭해 쓴 글을 지운다는 것은 창작의 고통을 뛰어넘는 용기입니다. 그러나 글을 쓰다 보면 자신도 모르는 사이에 자신의 사고에 갇히게 됩니다. 이때 마지막 한두 줄을 지워보는 것만으로도 새로운 글을 만날 수 있습니다. 창작은 글을 지우는 것에서 시작됩니다.

책 쓰기 커뮤니티 고르는 법

수년 전부터 책 쓰기 커뮤니티가 우후죽순처럼 생겨났습니다. '100% 출간 보장', '○○권을 집필한 작가가 직접 코칭' 등 각자의 강점을 어필한 캐치프레이즈로 예비 저자들의 마음을 흔듭니다. 그들만의 비즈니스 전략이 있고 책의 장르가 다르다 보니 예비 저자로서는 도움을 받고 싶어도 어느 곳을 선택해야 할지 난감해합니다. 여기서 중요한 것은 컨설팅 비용이 비싸다고 반드시 책이 만들어지는 것도 아니고 저렴하다고 해서 질 낮은 책이 만들어지는 것도 아닙니다.

예비 저자들 중에서 글쓰기 강연을 들었지만, 아쉽다고 하는 사람이 많습니다. 비싼 강연료를 내고 강연을 들었는데 대표의 자랑만 실컷 하는 곳, 여러 가지 책 쓰기 수업을 강요하거나 유도하는 곳, 강연료 결제 후 추가 비용을 요구하는 곳 등이 매우 많다고 합니다.

실제로 책 쓰기 커뮤니티에 등록한 후 여러 가지 이유로 상처를 입은 사람이 적지 않습니다. 책 쓰기 커뮤니티를 선택하는 것은 오로지 예비 저자들의 몫이며, 적지 않은 비용이 들기에 신중히 결정해야 합니다.

어디까지나 예비 저자 스스로 원고를 집필하고 마음이 맞는 출판사와 계약하는 것이 가장 이상적입니다. 하지만 글을 어떻게 써야 할지 막막할 때에는 책 쓰기 커뮤니티의 도움을 받는 것도 효율적입니다. 여기에서는 책 쓰기 커뮤니티를 선택하는 방법을 말씀드리고자 합니다.

① 운영자들의 책을 읽어본다.

커뮤니티 운영자들이 집필한 책을 읽어보세요. 책은 생각의 집합체입니다. 그 때문에 운영자가 쓴 책을 읽어보는 것만으로도 어떤 생각을 하는지, 경영 마인드는 어떠한지 가장 빠르게 알 수 있습니다. 지금 제 글을 읽고 있는 여러분은 어느 정도 저에 대한 파악이 끝났겠죠.

책 쓰기를 통해 인생의 성장을 원하는지, 경제적 성장만을 이야기하는지, 어쭙잖은 주제를 가지고 책을 썼는지 등을 살펴보면 됩니다. 여기서 주목해야 할 점은 반드시 많은 책을 출간했다고 해서 글을 잘 쓰거나 글쓰기 지도를 잘한다고 볼 수 없다는 것입니다. 100권을 쓰고도 방법을 알려줄 수 없다면 소용없습니다.

② 해당 커뮤니티에서 계약한 출판사를 살펴본다.

책 쓰기 커뮤니티는 책을 출간하기 위해 몇 가지 방법을 선택하는데, 그중에서 수강생들이 원고를 집필한 후 출판사에 투고하는 방법이 있습니다. 이때 출판사가 그 원고를 매력적으로 느낀다면 계약하게 됩니다. 그런데 유독 몇 군데의 출판사에서 책이 출간되거나 비슷한 디자인의 책이 나온다면 의심을 해보는 것이 좋습니다. 현재 좋은 책을 내고 있는 출판사인지 아니면 자비출판이나 여타 다른 출판 형식을 취하고 있는지 살펴보는 것도 중요합니다.

③ 추가 비용이나 고액을 요구하는지 알아본다.

책 쓰기 커뮤니티들은 컨설팅 비용(코칭 비용)을 받습니다. 금액은 커뮤니티마다 상이합니다. 적게는 50만 원에서 많게는 1,000만 원 이상으로 다양합니다. 소비자가 선택하는 것이지만, 다음 사항만 염두에 두면 좋은 책 쓰기 커뮤니티를 선택할 수 있습니다.

첫째, 코칭 비용 이외에 추가 수업 등을 유도하는가? 둘째, 계약 후 초판에 대한 인세를 정확히 지급하는가?(이 부분은 출판 계약 시 계약서에서 확인이 가능합니다) 셋째, 출간 이후 도서를 저자에게 구입을 강권하는가? 이 세 가지만 피하면 됩니다.

④ 등록 시 계약서가 있는지 확인해본다.

책 쓰기는 경제적으로 엄청난 부를 이루게 해주지 않습니다(물론 예외는 있습니다). 여러분이 책 판매와 강연으로만 직장 생활을 대신할 생각이라면, 차라리 책을 쓰지 않는 것을 추천합니다. 책을 쓴 모든 사람이 강연을 하는 것은 아닙니다. 책을 통해 제2, 제3의 비즈니스로 확장되도록 만들어야 합니다.

책 쓰기를 전업으로 하려는 사람이 늘어나고 있습니다. 그에 비례해 책 쓰기 커뮤니티 또한 많아진 것이 현실입니다. 처음 글을 쓰는 예비 저자로서는 어떤 커뮤니티를 선택해야 할지 매우 난감합니다. 물론 책 쓰기 코칭을 잘하는 커뮤니티도 많지만, 앞에서 이야기한 사항을 염두에 두고 고르는 것을 추천해드립니다.

오탈자만 잡아도 원고의 퀄리티는 높아진다

“첫 문장부터 오탈자와 띄어쓰기 오류가 나오면 잘 안 보게 돼요.”

얼마 전 출판사 편집장을 만났을 때 그녀가 한 말입니다. 원고에 오류가 많이 나오면, 그 내용을 떠나 읽기가 싫어진다는 말입니다. 저도 마찬가지입니다. 원고에 오탈자와 띄어쓰기 오류가 나오면 읽기 싫어집니다.

“내용만 좋으면 되는 것 아닌가요?”

예를 들어 여러분이 투자자인데 계약서의 첫 문장부터 오탈자가 있다면 아마 ‘기본도 되어 있지 않은 곳이군’ 하고 생각하지 않을까요? 원고도 마찬가지입니다. 여러분이 출판사 대표인데 원고의 첫 문장부터 오탈자와 문법적 오류가 쏟아진다면 어떨까요? 아마 기본도 모르는 저자라고 생각할 것입니다.

조금만 신경 쓰면 훨씬 읽기가 수월한 글을 쓸 수 있지만 간단한 절차를 놓치는 경우가 많습니다. 내 생각을 타인에게 전달하려면 문법적인 오류가 없어야 할 것입니다.

첫째, 가장 기본적인 오류 잡기입니다. 글자에 빨간색으로 밑줄이 그어지는 경우가 있죠? 이것은 문법적인 오류가 있다는 뜻입니다. 이때 자체적인 맞춤법 검사(F8 키, 한글프로그램 기준)를 해서 문장을 다듬습니다. 저는 일단 원고를 쓰면서 수정하고, 이후 네이버 맞춤법 검사기로 검토합니다. 실제 이 두 가지 방법만 활용해도 대부분의 오류를 바로잡을 수 있습니다.

둘째, 모르는 단어는 찾아보는 것입니다. '인터넷 사전'을 이용해서 꼭 찾아봅니다. 평소에 알고 있던 단어라도 '알고 있는' 단어와 '알고 있는 것 같은' 단어는 전혀 다르기 때문이죠. 예를 들어 '부감법의 시원한 조망이 제공된다(박찬영, 『잘못된 문장부터 고쳐라』)'라는 문장을 보면 부감(높은 곳에서 내려다보는 것)이라는 단어와 조망이라는 단어가 중복 사용이 되었음을 알 수 있습니다. 한자어는 우리 삶과는 떼려야 뗄 수 없지만, 어떤 때에는 차라리 안 쓰는 것만 못한 경우가 있습니다.

셋째, 몇 번을 이야기해도 지나치지 않는 소리 내어 읽기입니다. 이 책을 통해 지겹도록 반복하고 있지만, 원고를 출력해서 2~3회 음독을 해보면 좋습니다. 음독은 불필요한 문장이나 접속사 반복을 최대한 바로 잡을 수 있는 탁월한 방법입니다. 도저히 모를 때에는 국립국어원에 전화를 합니다. 이곳에 전화하면 전문가가 문법적인 오류를 알려줍니다.

이 세 가지 방법, 즉 맞춤법 검사, 단어 찾기, 소리 내어 읽기 등만 해도 제법 깔끔한 문장으로 원고를 작성할 수 있습니다. 기억하기 바랍니다. 문장은 짧고 쉽게 써야 잘 읽힙니다.

원고 분량은 얼마나 되어야 할까?

"몇 장을 쓰면 되나요?"

가장 많이 받는 질문입니다. 과연 책 한 권이 되려면 원고 분량은 어느 정도여야 할까요? 여기에서는 신국판(가로 152mm, 세로 225mm) 기준으로 이야기해보겠습니다. 신국판을 기준으로 삼는 것은 보편적으로 가장 많이 쓰이는 판형이기 때문입니다. 결론부터 말하자면, A4 기준(10포인트, 줄 간격 160%) 100장 정도면 250페이지 정도의 책이 됩니다.

책은 보통 장(章, Chapter)과 소제목으로 구성됩니다. 5장, 40개 소제목(꼭지)으로 책 한 권을 구성한다고 가정해보죠. 장마다 여덟 꼭지씩 집필하면 총 40개의 꼭지가 완성됩니다. 그럼 한 꼭지의 분량은 어느 정도 해야 할까요? 한 꼭지당 A4 2.5장이면 100장이 됩니다.

그럼, 책 한 권을 집필하는 기간은 얼마나 될까요? 다행스럽게도 오늘 나에게 '그분'이 오셔서 휘리릭 한 꼭지를 집필했다면? 그리고 내일도 한 꼭지를, 모레도 한 꼭지를 집필했다면? 책 한 권을 집필하는 데 약 40일이 소요된다는 계산이 나오죠. 상당히 단순한 계산이지만, 책 한 권 쓰기가 정말 쉽다는 생각이 들지 않나요?

'40일 집필'이라는 기준은 자신이 쓰려는 글에 대한 사전 조사가 철저히 되어 있고, 그만큼 필력을 갖고 있는 경우에 해당합니다. 예비 저자 중에 단 40일 만에 책 한 권을 써낸 사람이 있었습니다. 그는 원고를 집필하기 전 해당 분야에서 수십 년 경력을 쌓았고, 이미 많은 자료를 확보하고 있었습니다. 그는 책이 나온 후 하루 평균 10시간을 집필에 매진했다고 고백했습니다. 좁은 방 안에서 선풍기 바람에만 의지해 10시간씩 앉아 있었더니 엉덩이가 짓물렀다는 이야기도 덧붙였습니다. 그때 그의 나이는 예순 중반이었습니다.

인생에서 어떤 일에 100일만 몰두해서 결과가 나온다면, 해볼 만한 가치가 충분히 있지 않을까요? 혹시 알아요? 그 결과물이 내가 놀랄 만한 세상으로 안내할지요.

'좋아요'를 유발하는 글쓰기

글을 어떻게 써야 할지 막막하기만 합니다. 과거 '작가'라는 업(業)은 문단에 등단을 하거나 국문과나 문창과를 졸업해야만 할 수 있는 한정된 직업이었습니다. 그러나 자신의 의견을 피력하고 싶은 욕구가 생기면서 이 직업은 'SNS 작가'라는 새로운 영역을 창조해냈죠.

블로그, 브런치, 인스타그램, 페이스북 등 소셜미디어에 자신의 생각을 독특한 방법으로 피력하며 독자들에게 공감(좋아요)를 얻어내는 것이 들불처럼 번졌습니다. 그리고 대중의 많은 공감을 불러일으킨 글은 책으로 출간되어 제2의 수익으로 이어지는 현상이 빈번하게 일어나고 있습니다.

그렇다면 글쓰기란 무엇일까요? 저는 '생각의 조각을 모아 글로써 대중과 소통하는 것'이라 생각합니다. 글로 나를 표현하고 대중의 공감을 불러일으키는 것이 글쓰기의 시작입니다. 많은 사람이 자신의 생각을 글로 옮기지만, 그것이 타인의 글을 흉

내내기에 그치는 경우가 많습니다.

특히 소셜미디어는 더욱 그렇습니다. 빠르고 즉각적인 반응을 얻고 싶기 때문에 좋은 글을 그대로 차용해 각색을 거쳐 자신의 SNS에 올려놓는 경우가 많습니다. 하지만 이런 글들은 대중의 관심을 받기가 어렵습니다. 그렇다면 글을 쓰기 위해서는 어떤 요소가 필요할까요?

첫째, 주제가 명확해야 합니다. 즉, 지금 쓰고 있는 글에 담길 내용이 명확해야 합니다. SNS에서도 마찬가지입니다. 이것은 글쓰기 전부를 통틀어 가장 중요한 요소입니다. 그러나 글을 쓰다 보면 소위 '산'으로 가는 경우가 많습니다. 이것은 스스로 무엇을 쓸지 고민하지 않고 주제가 명확하지 않기 때문입니다. 그 글이 메모든, 짧은 글이든, 한 꼭지의 글이든 같습니다. 반드시 명심하기 바랍니다.

둘째, 듣는 이를 생각하는 것입니다. 작가는 자신의 사고 안에서 독자들이 자유롭게 사색하게 만들어야 합니다. 독자들의 관심을 어떻게 불러일으킬지, 어떻게 하면 그들의 공감을 살 것인지에 대해 알아야 합니다. 독자들은 자신이 언젠가 경험해보았던 이야기에 공감하고 반응합니다.

셋째, 적절한 단어를 사용하는 것입니다. 어떤 사람들은 알기 어려운 단어나 남들이 모르는 한자어나 의미가 모호한 단어를 남발합니다. 모호한 단어는 독자들이 그 뜻을 알 수 없습니다. 글은 어렵지 않아야 하고 독자들과 쉽게 소통할 수 있어야 합니다.

어떤가요? 쉬운가요? 결국 좋은 글은 기본을 지키는 것에서부터 시작합니다. 좋은 글을 쓸 조건이 완성되었다면, 그때 본격적으로 글을 써보세요.

4장 출판사에 투고하기
4장 출판사에 투고하기
4장 출판사에 투고하기
4장 출판사에 투고하기
4장 출판사에 투고하기
4장 출판사에 투고하기
4장 출판사에 투고하기
4장 출판사에 투고하기

4장 출판사에 투고하기

4장 출판사에 투고하기
4장 출판사에 투고하기
4장 출판사에 투고하기
4장 출판사에 투고하기
4장 출판사에 투고하기
4장 출판사에 투고하기
4장 출판사에 투고하기
4장 출판사에 투고하기

첫눈에 사로잡는 출간 기획서의 비밀

서점에는 수많은 '기획'에 대한 책이 있고, 이 책들마다 다양한 기획 담론을 제기합니다. 하지만 기획의 본질은 단순합니다. '간단'과 '정확'입니다. 무언가 설명할 때 서론이 장황한 사람이 있습니다. 한참을 빙빙 돌리다가 결국 자신이 원하는 것을 말하는 유형입니다.

이렇게 되면 서론에서 주의력을 잠시 발휘했던 상대방이 전달하려는 내용의 핵심을 파악하느라 쉽게 피곤해집니다(그래서 두괄식이 중요합니다). 신문을 떠올려보세요. 일단 헤드라인을 꽝 하고 찍어놓죠? 이렇게 두괄식 글쓰기를 하면 독자가 마음속으로 '저자는 이제부터 이런 이야기를 시작하겠군' 하며 마음의 준비를 할 수 있죠.

정보를 쉽게 얻을 수 있고 핵심만 듣는 것을 좋아하는 시대에 정보 습득에 많은 시간을 소요한다면 사람들은 금세 딴전을 피웁니다. 직장에서 상사나 최고경영자는 항상 바쁘고 머릿속은 여러 생각으로 가득 차 있습니다. 이들에게 핵심 내용을 짧은 시간 안에 전달하기 위해 한 페이지에 핵심을 정리해 한눈에 볼 수 있도록 해야 합니다. 그렇지 않으면 이들은 다음 일정을 위해 금방 자리를 뜨게 됩니다.

이것은 원고를 투고할 때도 마찬가지입니다. '최고경영자'를 '편집자'로 바꾸어보면 쉽게 이해가 됩니다. 실제로 원고를 받아보면 분량이 상당히 많은 출간 기획서를 볼 수 있는데, 대부분 원고와 관계없는 이야기로 가득 차 있습니다.

지금부터 제가 어떻게 출간 기획서를 작성하는지 이야기해 보고자 합니다. 먼저 제가 하는 일은 출판사와 저자 사이에 있습니다.

예비 저자들은 그들이 가장 어려워하는 콘텐츠 기획, 원고 방향성, 출간 기획서 작성, 투고 방법, 홍보 방안 등 다양한 서비스를 제공받을 수 있습니다. 출판사는 더 정밀하게 기획된 콘셉트와 완성된 원고를 제공받을 수 있습니다. 저는 양질의 콘텐츠를 가진 사람들과 그 콘텐츠를 기다리는 출판사를 연결해주는 역할을 합니다. 이것이야말로 일거삼득이라고 할 수 있겠습니다.

어쨌든 예비 저자가 출판사에 직접 투고하든, 저를 통해 투고하든, 결국 출판사의 선택을 받아야 하는 것은 같습니다. 한 가지 큰 차이가 있다면 바로 계약의 확률일 텐데요. 예비 저자가 출판사에 투고해서 계약할 확률은 매우 낮은 반면, 저를 통해 계약할 확률은 현재까지 100%입니다(원고 111건을 투고해 모두 계약을 했습니다).

지금껏 많은 원고를 투고하면서 출판사에서 가장 많이 들었던 피드백은 바로 출간 기획서였습니다. 대부분의 예비 저자는 원고를 투고하기 전에 출간 기획서를 작성하게 됩니다. 이 기획서에는 원고의 제목, 집필 의도, 홍보 방안 등 다양한 내용이 들어가게 됩니다.

원고와 함께 적게는 세네 장, 많게는 10장이 넘는 기획서를 제출하는 사람이 적지 않습니다. 여러분이 출판사 대표라면 10장이 넘는 기획서를 일일이 읽을 수 있을까요? 불가능합니다.

친구와 대화할 때는 미괄식으로 이야기해도 되지만 비즈니스는 다릅니다. 편집자가 기획서를 열어보는 순간 구미가 당기게 만들어야 합니다. 제가 작성하는 기획서의 모토는 '최대한 책처럼'입니다. 분량은 최대 세 장을 넘지 않아야 합니다. 그 이상 길어지면 편집자가 지루해합니다. 게다가 원고의 장르, 저자의 성격과 성향에 따라 한 장으로 작성하기도 합니다.

일전에 한 예비 저자의 원고를 투고한 적이 있습니다. 저자는 늘 답답한 가슴을 부여잡고 20대를 살았고, 30대가 되어서도 힘든 일상을 보내야 했습니다. 조용히 머물 곳이 필요해 막연하게 찾은 도서관에서 저자는 철학을 만났습니다. 철학자들이 겪은 고뇌를 온몸으로 체험하면서 어제와는 다른 삶이 있다는 것을 알게 되었습니다. 그리고 그것을 글로 써냈습니다.

원고가 완성되고 투고를 앞둔 시점이었습니다. 저자의 글은 흠잡을 곳 없이 너무 좋았지만 오히려 그렇기 때문에 제목과 기획서가 무엇보다 중요했습니다. 몇날 며칠을 이정훈 기획자와 고민했습니다. 그러던 어느 날 아침, 사무실 문을 급히 열고 들어오며 그가 외쳤습니다.

"을의 철학!"

그의 말을 듣는 순간, 무언가 막혔던 속이 뻥 뚫리는 느낌이었습니다. 실제로 기획서를 작성하다 보면 이런 느낌을 받을 때가 많은데, 이런 원고는 대부분 좋은 성적을 거두었습니다.

제목이 결정되고 나니 기획서 첫 장을 장식할 콘셉트 이미지는 쉽게 결정되었습니다. 비정규직으로서 그녀가 겪었을 회

한, 분노, 체념, 차별 등 사회에 만연한 유리천장을 설명하는 한 글자는 '을(乙)'이었습니다. 우리는 그녀를 가장 잘 설명할 수 있는 '을'이라는 글자를 기획서 첫 장에 넣기로 했습니다. 그것도 크게 말입니다.

본문에는 집필 배경과 원고 구성에 대해 설명하고, 저자가 생각하는 철학에 대한 정의를 적었습니다. 그리고 원고와 어울릴 만한 출판사에 투고한 결과 여러 곳에서 출간 의사를 밝혀왔습니다. 그중 한 출판사와 계약했고, 원고는 얼마 뒤 아주 멋진 책으로 출간되었습니다.

이 책은 우리가 가장 애정하는 책입니다. 책을 출간한 출판사에 방문했을 때 담당 기획자에게서 『을의 철학』을 출간하게 된 이유를 들을 수 있었습니다. 그는 『을의 철학』만큼 제목과 콘셉트가 명확한 원고는 드물다고 말했습니다.

"한 해 검토하는 원고가 수백 편에 이르는데, 『을의 철학』은 이미 90% 이상 완성된 원고였어요. 집필 배경과 의도가 짧은 문장에 잘 요약되어 있었고, 더구나 저자가 살기 위해 철학을 공부했다는 차별점도 독특했어요. 을의 입장이 강조되고 있는 사회 분위기를 잘 읽은 저자의 감각도 볼 수 있었어요."

다시 '간단과 정확'으로 돌아가볼까요. 누차 이야기하지만 예비 저자에게 가장 많이 묻는 말은 "이 원고에서 저자가 하고 싶은 말은 뭐죠?"입니다. 이때 설명이 장황해지면 '모르는 것'입니다.

누군가 이 원고에 대해 물었을 때, 적어도 한 문장 또는 두 문장으로 설명할 수 있어야 합니다. 물론 두 문장 이상으로 설명이 늘어날 수는 있습니다. 하지만 적어도 모든 문장을 버려도 아쉽지 않을 만큼 앞의 두 문장에는 핵심 콘셉트가 담겨 있어야 합니다.

간단과 정확을 구현하는 일은 생각보다 쉽지 않습니다. 내 머릿속에는 전달해야 할 정보가 너무 많고, 그것을 버리기에 아깝기 때문이죠. 이럴 때는 다른 사람의 도움을 받는 게 좋습니다. 그러면 객관적일 수 있고, 꼭 필요한 정보가 무엇인지 확인할 수 있습니다.

어떤 출판사에 투고해야 할까?

원고 집필이 마무리되면 해당 콘텐츠에 맞는 출판사에 투고합니다. 이때 종종 예비 저자들에게 투고하고 싶은 출판사를 조사해오라는 과제를 내줍니다. 이들이 조사해온 출판사는 십중팔구 유명 출판사들입니다. 물론 서점에 있는 책들의 출판사를 조사하다 보니 우리가 알 만한 유명 출판사만 보이는 것은 이해가 됩니다.

일전에 예비 저자가 경제경영 관련 책을 출간하고 싶다며 저를 찾아온 적이 있습니다. 그는 원고 집필을 끝내고 여러 출판사에 투고를 한 상태였습니다. 몇 곳에 투고했냐는 질문에 100여 곳이라 답했습니다. 그런데 한 달이 지나도 단 한 곳에서도 출간 제의가 오지 않았다고 했습니다. 저는 원고를 살펴보았습니다.

첫 번째 글이 '~의 정의'로 시작하더군요. 목차만 읽었는데 지루해졌습니다. 하지만 지루한 목차와 달리 본문의 내용은 매우 재미있었습니다. 우리는 원고 구성을 바꾸고 장 제목과 소제목들을 수정했습니다.

그러고 나서 어떤 출판사에 투고했는지 물었습니다. 아니나 다를까, 경제경영 도서를 출간하는 출판사에 투고해야 하지만, 베스트셀러를 많이 낸 출판사에 투고했다고 했습니다. 여기서 명심할 것은 베스트셀러를 낸 출판사가 내 원고를 베스트셀러로 만들어줄 것이라는 착각을 버려야 한다는 것입니다.

베스트셀러는 책을 잘 만드는 것보다(물론 중요하지만) 지금 시대에 맞는 콘텐츠여야 합니다. 그리고 저자가 쓰고 싶어 하는 글과 맞아떨어져야 베스트셀러가 될 수 있습니다. 베스트셀러를 만드는 비법은 없습니다(물론 막대한 마케팅 비용이 투입되었을 때는 이야기가 다릅니다).

또 그가 언급한 곳은 '큰 출판사'였습니다. 똑같은 맥락이지만, 큰 출판사는 결국 유명 출판사일 가능성이 높습니다. 유명 출판사는 연중 출간 일정이 짜여 있는 경우가 많아 아주 특별한 콘텐츠를 제외하고 투고 원고가 계약될 확률이 매우 낮습니다. 하물며 이제 막 첫 책을 쓴 저자라면 계약이 성사될 확률은 희박합니다.

투고할 때 유의할 점

원고가 완성되었다면 이제 출판사에 원고를 보내는 과정이 남았습니다. 이것을 '투고(投稿)'라고 합니다. 다시 말해 원고 집필이 끝났다고 모든 과정이 끝난 것이 아닙니다. 계약이라는 큰 산을 넘어야 하고 다사다난한 편집 과정이 기다리고 있습니다. 어쩌면 편집 과정에서 편집자와 얼굴을 붉힐 일도 있습니다. 출간이 되는 시점까지는 마음을 놓을 수 없습니다. 그렇다면 투고는 어떻게 해야 할까요? 출간 계약 확률을 높이는 투고에 대해 한 번 살펴볼까요?

① 무작위 투고를 하지 말 것

어떻게 보면 출판사나 저자 모두에게 가장 피곤하고 소모적인 일입니다. 저자가 집필하는 장르가 정해져 있고, 출판사마다 주력으로 하는 분야가 있습니다. 예를 들어 에세이를 주력으로 하는 출판사인데, 자기계발서 원고를 투고했다면 계약 확률은 당연히 떨어지겠죠? 가장 효율적인 방법을 제시합니다. 이 방법으로 출판사 리스트를 준비하면 더욱 세밀한 타깃팅이 될 것입니다.

첫째, 자신의 원고와 맞는 출판사 리스트를 만듭니다. 이때 활용할 수 있는 방법은 두 가지입니다. 하나는 인터넷서점에 들어가 분야별 출판사를 확인합니다. 여러분이 집필하고 있는 책이 '자기계발' 분야라면 해당 분야를 클릭해보세요. 자세히 살펴보면 자기계발 분야에도 10개 카테고리로 나뉘어져 있습니다. 이곳에서 최근 좋은 디자인이나 판매고를 올리는 출판사를 조사합니다.

둘째, 여러분이 직접 서점에 나가보는 것입니다. 이렇게 하면 책의 실물을 확인할 수 있다는 장점이 있습니다. 자신이 책을 만져보고 크기와 무게감을 느낄 수 있으며, 책의 형태(후가공 유형)를 파악할 수 있습니다.

셋째, 출판사 이메일 주소를 알 수 있는 가장 확실한 방법은 전화를 해보는 것입니다. 전화를 해서 투고 원고가 있음을 밝히고 이메일 주소를 물어봅니다.

② 출판사 이름을 정확히 기입할 것

앞에서 언급하기도 했지만, 아무리 강조해도 지나치지 않습니다. 오늘도 다른 출판사 이름을 적어 투고하는 일이 비일비재합니다. 이런 사례는 비단 투고뿐만 아니라 비즈니스에서도 종종 발견되는 실수입니다. 다른 문서에서 복사한 것을 그대로 옮겨와 '붙여넣기'했을 때 많이 발생합니다. 아무리 원고를 잘 썼다 하더라도 공든 탑이 무너질 수 있습니다. 이런 실수와 더불어 이메일을 보내는 사람의 별명도 신경 쓰면 좋습니다. 의외로 많이 신경을 쓰지 않는데, 투고 원고 중 이메일의 별명이 비속어로 되어 있는 경우나 '천재 베스트셀러 작가' 등 과한 별명도 심심치 않게 발견됩니다. 가급적 자신의 본명을 사용하면 좋습니다.

③ 여러 출판사에 보낸 이메일 주소를 보이지 않게 할 것

얼마 전, 투고 원고 이메일을 보고 깜짝 놀랐던 적이 있습니다. 수신인 목록에 저를 포함해 100여 곳의 출판사 이메일 주소가 기입되어 있었습니다. 이것 또한 가장 많이 하는 실수입니다. 어차피 출판사 관계자도 저자가 우리 출판사에만 투고한 게 아니라는 것을 알고 있으니, 이를 굳이 알릴 필요는 없습니다. 이것을 이해하지 못할 저자라면 투고하지 않는 것이 더 좋습니다.

④ 허위 사실을 기입하지 말 것

'1만 팔로워를 가지고 있습니다.'

'초판 완판 자신 있습니다!'

원고를 투고하는 사람들 중 자신의 이력이나 홍보 방법에 대해 부풀리는 경우가 많습니다. 그러나 소셜미디어에 들어가 보면 단번에 들통나는 일입니다. 허황된 말보다 확실한 정보를 기입하는 것이 좋습니다.

원고가 책으로 만들어지기까지

조금 전 전화 한 통을 받았습니다. 4개월 전 출간 계약을 한 예비 저자입니다. 출판사에서 편집 작업을 시작하려면 2개월은 더 있어야 한다는 이야기를 들었다는 것입니다. 그러면서 지금 붕 뜬 것만 같은 시간을 어떻게 보내야 할지 걱정이라고 합니다. 저는 그에게 한마디 했습니다.

"무엇을 고민하세요. 다음 책을 쓰면 되죠."

출판사는 나름의 출간 일정대로 책을 만듭니다. 현재 진행 중인 도서와 사회적인 이슈가 있는 도서를 고려해 출간 일정을 조율합니다.

일전에 계약 후 1개월 여 만에 출간된 책을 본 적이 있습니다. 그 책에는 40개가 넘는 오탈자가 발견되었고, 디자인 또한 급조한 티가 역력했습니다. 저자가 책을 출간하고 싶은 마음에 출판사에 편집 작업을 빨리빨리 해달라고 닦달했다고 합니다. 게다가 자신의 생일에 맞춰서 출간해야 한다고 지속적으로 요구한 모양입니다. 출판사에서는 대략 난감했다고 합니다.

어떤 저자는 계약하고 얼마 지나지 않아 주기적으로 전화를 해서 편집 진행 상황을 물었습니다. 그리고 책이 빨리 나오지 않는다며 불만을 표출했습니다. 급기야 그의 가족까지 연락을 해서 빨리 책을 만들 것을 요구했습니다. 결국 서둘러 책을 출간했는데, 저자는 책에 신경도 쓰지 않는 겁니다. 이때는 어찌나 얄미웠는지 모릅니다.

많은 예비 저자는 투고 후 연락을 기다리는 시간과 계약 후 책이 만들어지는 시간을 가장 기다리기 힘들어합니다. 계약만 하면 금방 책이 나올 줄 알고 지인들에게 곧 책이 나온다고 소문을 냅니다.

그런데 이런저런 이유로 출간이 늦어지면서(저자의 관점에서 보았을 때) 언제 책이 나오냐는 지인의 질문에 노이로제에 걸릴 지경이 됩니다. 결론적으로 원고가 책으로 나오는 데 걸리는 시간은 2~3개월입니다. 단, 모든 것이 정확히 맞아떨어질 때 이야기입니다.

원고는 여러 공정을 거칩니다. 이 공정은 크게 교정·교열, 본문·표지 디자인, 인쇄로 나뉩니다. '어? 간단하네?'라고 생각할지 모르지만 이 과정은 생각보다 간단하지 않습니다. 교정·교열은 3번 정도 진행합니다(보통 '3교'라고 합니다). 이 과정을 종합

해보면 교정·교열은 약 14일, 본문·표지 디자인은 약 21일, 인쇄는 약 7일의 시간이 걸립니다. 그렇다고 약 42일이 걸리지는 않습니다. 각 과정마다 거의('반드시'라고 강조하고 싶지만) 변수가 발생하기 때문에 출간 일정을 지연시킵니다.

여러분이 초조해하는 그 순간에도 출판사는 책 만들기에 여념이 없습니다. 조금 느긋하게 다른 것에 시선을 두고 기다리면 어떨까요? 지금껏 잘 써오고 잘 참았으니 말입니다.

큰 출판사 VS 작은 출판사

무조건 대형 출판사와 계약해야만 좋은 것은 아닙니다. 물론 원고의 성격과 저자의 성향에 따라 다르지만, 확실한 것은 작은 출판사도 책을 아주 잘 만듭니다.

책 한 권을 제작하고 마케팅하려면 대략 2,000만 원의 예산이 투입됩니다. 여러분의 전 재산인 2,000만 원을 책 제작에 투자했다면 어떻게 하겠습니까? 아마 책을 판매하기 위해 적극적으로 뛰지 않을까요? 매일 서점에 들러 책은 어디에 있고, 책을 읽어보는 사람은 누구인지 확인하겠죠. 해당 분야의 MD와 미팅해서 책을 잘 보이는 곳에 놓아달라고 부탁할 수도 있을 것이고요. 이런 과정은 어쩌면 매일 반복될 것입니다.

대형 출판사는 노하우와 영향력이 있겠지만, 내 책에 신경을 덜 써줄 수도 있습니다. 여기서 명심할 것이 있습니다. 큰 출판사는 내 책을 반드시 베스트셀러로 만들어줄 것이라는 착각과 작은 출판사는 내 책을 안일하게 만들어줄 것이라는 오해입니다.

이것은 비즈니스와 닮은 점이 많습니다. 큰 기업일수록 내 의견이 관철되기는 어렵죠. 위로 몇 단계를 거쳐야 의사 결정이 날뿐더러 최종 CEO에 의해 뒤집히기도 합니다. 반면 작은 조직은 의사 결정이 빠르고 오류를 수정하는 과정이 신속합니다. 많은 스타트업의 장점 중 하나죠. 그 때문에 상호간 의견 조율이 용이하고 언제든지 계획을 수정할 수 있습니다. 물론 반대의 경우도 많지만요.

결론적으로 말씀드리자면 좋은 출판사의 기준은 규모가 아니라 내 원고에 가장 적극적으로 반응해주는 곳입니다.

계약할 때 유의할 점

원고를 투고하고 나면 계약 의사가 있거나 저자에게 궁금한 것이 있는 출판사는 연락을 해옵니다. 그 형태는 이메일 회신, 유선 전화, 문자 메시지 등입니다. 그 시기는 크게 두 가지로 나뉩니다. 출간 기획서와 원고 두세 꼭지를 읽어보고 바로 연락이 오는 경우와 원고 검토에 일주일에서 1개월가량 걸리는 경우입니다.

경험상 전자는 출판사와 저자가 만족한 계약으로 이어지는 경우가 많았습니다(절대적인 것은 아닙니다). 그도 그럴 것이 원고를 기다리는 출판사에서는 좋은 원고가 들어오면 신속하게 계약을 하려고 하는 것이 당연하지 않을까요?

어쨌든 출판사의 연락을 받게 되면 담당자와 미팅을 합니다. 그때 여러 가지 이야기가 오가게 됩니다. 출판사에서도 이 원고를 어떤 책으로 만들 것인지, 저자의 의도는 무엇인지 등 원고에 대한 이야기를 나눕니다.

일전에 한 예비 저자는 원고를 투고한 출판사와의 미팅 자리에서 이렇게 말했다고 합니다.

"30만 원만 더 주세요."

출판사에서 제시한 금액이 적은 것 같아 그 자리에서 계약금을 더 달라고 요구한 것입니다.

물론 원고가 독보적으로 매력적이라거나 터무니없이 낮은 계약금을 제시했다면 충분히 그럴 수도 있습니다. 하지만, 계약금이 전부는 아닙니다(계약금이 없는 경우도 많습니다).

예비 저자가 기억해야 할 가장 중요한 것은 '내 의견을 잘 반영해서 원활하게 책을 잘 만들어주는' 출판사와 계약하는 것입니다. 초반부터 '대형 출판사', '계약금 여부', '인세율' 등을 생각하면 저자도 흔들릴 때가 있습니다. 물론 중요한 사항이지만 우선적으로 고려해야 할 것은 아닙니다.

출판사가 저자와 미팅하려는 경우는 출간 의사가 있지만 저자를 보기 위한 것도 있습니다. 예산을 투자해야 하는데, 투자처의 상태를 점검해봐야 하는 것은 당연한 것 아닐까요?

그런데 미팅에서 예의가 없거나 돈만 요구하는 저자를 어느 출판사가 좋아하겠습니까? 실제로 여러 출판사에서 미팅이나 출간 제의가 들어오면 거만해지는 예비 저자가 종종 있습니다. 출판사와 저자는 동등한 입장에서 상호 의사를 확인하고 계약을 위한 탐색전을 펼칩니다. 겸손해서 나쁠 것은 없습니다.

계약 후 유의할 점

출판사에서는 편집회의를 해서 책의 편집 방안 등에 대해 논의합니다. 책의 판형, 본문·표지 디자인, 종이의 종류, 셀링포인트, 홍보 방법, 출간 시기, 출간 분야 등을 논의합니다. 각 분야에서 적어도 수년 혹은 수십 년 동안 일을 해온 전문가들이 함께 만듭니다. 이 과정은 저자가 크게 개입할 부분이 없습니다.

이때 저자는 초조해서 편집자에게 지속적으로 연락하기도 합니다. 저자는 지인들에게 책이 나왔다고 알리고 싶고, 출판사는 책이 높은 판매고를 올렸으면 하고 기대합니다. 하지만 이 과정은 힘들고 깁니다. 그리고 바쁘죠. 예비 저자는 오랜 시간을 기다렸다고 생각할 수 있습니다.

"저는 책이 안 될 이유를 모두 들었습니다."

예비 저자들이 왜 이렇게 출판사와 지켜야 할 사항이 많냐고 물어볼 때 저의 답변입니다. 실제로 제가 첫 책을 집필하고 투고했을 때 몇 곳의 출판사에서 연락을 해왔습니다. 당시 제 기준은 무조건 '큰 출판사'였습니다. 큰 출판사라면 자금력이 충분해서 내 책에 아낌없이 투자해줄 것이라고 기대했습니다.

하지만 편집 작업이 진행되자 표지 디자인 시안이 썩 마음에 들지 않았습니다. 출판사 디자이너와 의견을 조율하는 도중 답답한 마음에 제가 표지 디자인을 하겠다고 나섰습니다. 표지 컬러는 당시 유행하던 스타벅스 다이어리의 '핫핑크', 폰트는 한국적인 느낌의 '캘리그래피', 표지 이미지는 희망을 뜻하는 '이카루스' 형태의 그림 등으로 해달라고 요청했습니다. 결국 출판사는 제가 원하는 대로 해주었지만, 책은 이도저도 아닌 느낌의 책으로 출간되었습니다.

출판사가 내 원고를 보고 계약했다는 것은 책으로 만들어 시장에 내다 팔겠다는 말입니다. 이 순간부터는 철저한 비즈니스죠. 출판사는 원고를 '팔리는' 책으로 만들어야만 수익을 남길 수 있습니다. 그러니 최선을 다하는 것은 당연지사입니다.

몇 개월 전, 지인이 샘플 원고와 기획서를 보내왔습니다. 저는 집필 방향과 기획 의도를 수정해서 제목과 디자인 콘셉트에 대해 개인 의견을 더해 알려주었습니다. 그 후 투고를 해서 수백만 원에 이르는 계약금을 제시한 출판사와 계약을 했습니다(초보 저자가 이 정도의 계약금을 받는 경우는 거의 없습니다).

그는 며칠 전 책이 출간되었다며 연락해왔고 저는 곧장 서점을 찾았습니다. 저자 이름을 검색하자 전혀 생뚱맞은 제목의 책이 검색되었습니다. 설마 하는 마음으로 책을 확인하는 순간 아찔했습니다. 제가 생각한 제목, 콘셉트, 디자인이 모두 달랐기 때문입니다. 단지 제 의견과 달랐기 때문에 놀란 것이 아니었습니다. 그 책은 누가 봐도 '팔릴 수 있는' 상업적인 책이 아니었습니다.

제목은 이 책이 무엇을 말하고자 하는지 전혀 전달되지 않았고, 표지 디자인도 그 의도를 가늠하기 어려웠습니다. 저는 책을 구매한 후 서점을 나오며 그에게 전화를 걸었습니다. 그의 대답은 '역시나'였습니다.

출판사에서 여러 가지 제목을 제시했지만, 모두 마음에 들지 않아 자신이 제목을 결정했다고 했습니다. 게다가 출판사에서 표지 디자인 시안을 네다섯 개 보내주었지만, 마음에 들지 않아 지인에게 표지 디자인을 의뢰했다고 했습니다. 지인이 표지 디자인을 해본 경험이 있냐는 질문에 답은 'NO'였습니다.

출판사에서 제안하는 제목과 표지 디자인이 마음에 들지 않을 수 있습니다. 그것은 어쩌면 당연한 일일지도 모릅니다. 저자는 물건을 만들어 포장업체에 납품하는 것입니다. 포장업체는 물건이 잘 팔릴 수 있도록 그간의 경험을 통해 멋지고 예쁘게 포장합니다. 가급적 출판사의 의견을 존중하는 것이 효율적입니다. 저자가 필요 이상으로 개입하면 책은 산으로 갑니다. 약은 약사에게 글은 저자에게 책은 편집자에게 맡기세요.

5장 책을 쓰면 돈을 벌 수 있을까?
5장 책을 쓰면 돈을 벌 수 있을까?
5장 책을 쓰면 돈을 벌 수 있을까?
5장 책을 쓰면 돈을 벌 수 있을까?
5장 책을 쓰면 돈을 벌 수 있을까?
5장 책을 쓰면 돈을 벌 수 있을까?
5장 책을 쓰면 돈을 벌 수 있을까?

5장 책을 쓰면 돈을 벌 수 있을까?

5장 책을 쓰면 돈을 벌 수 있을까?
5장 책을 쓰면 돈을 벌 수 있을까?
5장 책을 쓰면 돈을 벌 수 있을까?
5장 책을 쓰면 돈을 벌 수 있을까?
5장 책을 쓰면 돈을 벌 수 있을까?
5장 책을 쓰면 돈을 벌 수 있을까?
5장 책을 쓰면 돈을 벌 수 있을까?
5장 책을 쓰면 돈을 벌 수 있을까?

계약금은 누구나 받는 거 아닌가?

"계약금이 적어서 고민입니다."

예비 저자가 출판사와 미팅하면서 이와 같은 말을 했습니다. 며칠 후 연락을 준다던 출판사가 답이 없는 것은 당연한 일일지도 모릅니다. 출판업계의 불황으로 인해 초보 저자에게 계약금을 제시하는 출판사가 그리 많지 않습니다.

원고를 투고하고 나면 내 원고에 관심을 보이는 출판사와 계약하게 됩니다. 이때 계약서에 사인을 하고 계약금을 받기도 합니다. 출판 시장과 경기의 불황, 혹은 출판사 자체 내규에 의해 계약금을 지급하지 않는 경우도 많습니다. 계약금 또한 출판사마다 상이합니다.

지금까지 투고한 원고에 대해 계약금을 받은 경우를 조사해보았습니다. 적게는 30만 원에서 많게는 150만 원, 드물게 300만 원, 500만 원, 1,000만 원까지 다양했습니다. 앞서 언급했듯 초보 저자가 고액을 받는 경우는 매우 드뭅니다.

초보 저자는 계약금과 인세보다 '계약' 자체에 중점을 두는 것이 옳다고 봅니다. 검증되지 않은 저자에게 거액의 계약금을 제시하면서까지 위험을 감수하는 출판사는 많지 않을 테니까 말입니다.

예컨대 내 책이 인세 10%, 책값이 15,000원, 초판 2,000부를 인쇄했다고 가정해봅시다. 이 책이 완판되었을 경우 총 매출은 [15,000원×2,000부=30,000,000원]입니다. 이 중 10%가 저자의 몫이니 300만 원의 인세를 받게 되는 것입니다. 연봉으로 환산해보면 월 25만 원입니다.

다시 말해 초보 저자가 책을 팔아 큰돈을 벌 수 없는 것이 현실입니다. 물론 초보 저자도 큰돈을 벌 수 있습니다. 예를 들어 2017년 8월 출간된 글배우의 『아무것도 아닌 지금은 없다』는 2020년 말까지 106쇄를 기록했습니다. 재쇄는 2,000부, 인세는 10%로 가정해보겠습니다. 책값은 13,000원입니다. 단순 계산으로만 따지면(지극히 개인적인 견해임을 밝힙니다) [13,000원×2,000부×106쇄×10%=275,600,000원]입니다.

여기서 우리가 간과하지 말아야 할 중요한 사실은 글배우는 첫 책을 출간하기 이전에 이미 수십만 명의 팔로워를 보유하고 있었습니다. 바꿔 말하면 이미 그가 소셜미디어에서 구축해 놓은 잠재 수요 독자층이 두터웠기 때문에 책이 많이 팔릴 수 있던 것이죠. 계약금이나 인세를 조금 더 받으려고 출판사와 기싸움을 하다가 오히려 계약을 그르치는 우를 범하지 말기 바랍니다.

지인들이 책을 사주면 기본 빵은 한다

"야, 나 책 나왔다. 오프라인 서점이나 인터넷서점에서 구매할 수 있다."

첫 책이 나오면 큰 기대를 하지 말라고 이미 책을 낸 선배들에게서 여러 차례 조언을 들었건만, 사실 마음 한 구석이 들썩이는 것은 숨길 수 없습니다. 내가 별다른 홍보를 하지 않아도 어디선가 인터뷰 요청이 들어올 것만 같고, 내 책을 읽어본 사람들이 각종 강연에 나를 불러줄 것만 같습니다.

그런데 그럴 경우는 거의 없습니다. 2017년 우리나라 성인의 40%가 1년에 책을 한 권도 읽지 않았습니다. 그 40%에는 나의 지인들도 포함되어 있습니다.

첫 책이 출간되고 나서 가장 친한 20년지기 친구들에게 구매를 부탁한 적이 있습니다. 그들은 축하한다는 말과 함께 꼭 구매해서 보겠다고 해놓고 감감무소식입니다.

어느 날인가 지인의 집에서 라면 받침으로 쓰이고 있는 제 책을 발견하고 이제는 출간 소식을 전하지 않게 되었습니다. 그들에게 제 책은 관심 영역 밖이기 때문입니다. 그러니 섭섭해할 필요는 없습니다.

지인이 첫 책의 출간 기념회를 서울 강남의 제법 큰 강연장에서 개최한 적이 있습니다. 그는 평소 연락을 하지 않는 사람들과 친인척들에게 기념회 참석과 책 구매를 부탁했습니다. 하지만 그들은 출간 기념회에도 참석하지 않았을 뿐만 아니라 그 후 저자와도 연락을 하지 않았다고 합니다.

"지인들이 책을 구매하면 초판 완판은 자신 있습니다!"

많은 예비 저자와 미팅을 하다 보면 '초판 완판'은 자신 있다고 이야기를 합니다. 차라리 이렇게 말을 바꾸면 어떨까요?

"출판사와 협업해서 조금씩이라도 책이 꾸준히 팔릴 수 있게 노력하겠습니다."

인세와 선인세

책 한 권이 팔리면 출판사가 책 가격의 일정 부분을 작가에게 주는 것을 인세라고 합니다. 내 책 한 권이 10,000원이고 인세를 10%로 계약했다면, 책이 한 권 팔릴 때마다 나에게 1,000원씩 들어오게 됩니다. 10,000원짜리 책 초판 1,000부가 전부 판매되었다고 가정했을 때 저자가 손이 쥐는 돈은 100만 원입니다.

지금처럼 책이 팔리지 않는 불황에 1,000부를 판매하는 것은 매우 어려운 일입니다. 책을 쓰고 팔아서 경제적인 여유를 가질 수 있는 사람은 아주 극소수입니다. 책을 쓰는 모든 사람이 큰돈을 벌 수 있다고 말하는 경우도 많지만 주의하기 바랍니다. 초판 인세가 들어오는 시점은 출간 후 3개월에서 6개월, 1년 등 출판사마다 상이하니 이 부분은 계약할 적에 확인하기 바랍니다.

선인세는 팔리지 않은 책에 대해 미리 인세를 책정해서 주는 것을 말합니다. 선인세는 작은 출판사가 늘어 경쟁이 치열해지면서 등장했습니다. 일부 이름이 알려진 유명 작가의 책을 내기 위해 선인세를 지급하면서부터죠. 이들은 신인작가 발굴에 실패하면 존폐를 고민해야 했습니다. 그 때문에 자연스레 유명 작가에게 선인세를 주면서 안정적으로 사업을 확대하고자 했습니다.

출판업계에서 스타 작가의 인세는 10~12%라고 말합니다. 스타 작가의 책은 보통 70~80만 부 이상 팔립니다. 책 한 권이 15,000원이고 인세 10%를 적용하면 10~12억 원의 인세가 작가에게 돌아갑니다. 스타 작가가 받는 선인세도 10억 원 내외가 아니겠느냐는 추측이 나오는 것도 이 때문입니다.

보통 초보 작가의 인세는 6~7%를 넘지 않습니다. 책이 잘 나간다는 보장이 없기에 선인세는 꿈도 꾸지 못합니다. 그렇기에 초보 저자에게 선인세를 지급한다는 것은 출판사가 그 책을 멋지게 만들어 팔 자신이 있다는 의지의 표현입니다. 책을 만들고 판매하는 것은 저자만의 역량도 아니고 출판사만의 역량도 아닙니다. 서로 상호 보완을 해나가며 함께 만들어가는 것입니다. 이 점을 명심하기 바랍니다.

초판 발행부수는 10,000부? 1,000부?

초판 1쇄를 1~2만 부 찍어내던 시절이 있었습니다. 책이 출간되면 출판사는 막대한 비용을 들여 버스나 신문에 광고해서 하루에 3,000~4,000부씩 팔리던 시절이었죠. 하지만 최근에는 초판을 적게는 500부, 많게는 3,000부 정도만 인쇄합니다.

최근 출판계 상황을 살펴보면 초판 발행부수가 1년 사이 6% 정도가 감소했고, 초판이 전부 소진되는 데까지는 약 1년이 넘습니다. 즉, 1,000권의 책이 다 팔리는 데까지는 1년이라는 시간이 걸린다고 보면 되겠습니다. 오죽하면 대형 출판사도 1년에 500부를 완판할 생각으로 출간한다고 했겠습니까?(저희 특강 중 대형 출판사 관계자의 말입니다). 출판사도 저자가 유명인이 아니라면 초판을 모두 소진할 수 있을 것이라고 생각하지 않습니다.

그렇다면 저자가 가져야 할 자세는 무엇일까요? 과거 저자가 원고를 투고하고 계약 후 출간과 동시에 홍보하는 방법을 찾았다면, 지금은 저자의 기획, 집필, 투고, 계약, 출간 등이 마케팅의 영역이 되었습니다.

아이돌 그룹이 데뷔하는 과정을 처음부터 끝까지 시청자와 함께한 <프로듀스 101> 같은 프로그램처럼, 독자들과 출간 전 모든 단계를 함께하면서 베스트셀러 작가로 등장하는 저자 또한 생겼습니다.

책을 출판한다는 것은 번화한 상가들이 있는 지역에 가게를 내는 것과 다르지 않습니다. 위치를 어디에 잡아야 할지(분야), 무엇을 팔지(콘텐츠), 어떤 손님에게 팔지(독자), 어떻게 단골손님을 만들고 관리(댓글)해 나갈지 생각해야 합니다.

여러분이 책을 쓰고 있다면 기획자의 관점으로 시장을 바라볼 수 있어야 합니다. 지금까지 많은 사람이 책을 출간하는 과정을 옆에서 지켜본 결과 가장 효과적인 방법은 집필과 동시에 혹은 늦어도 계약과 동시에 자신이 책을 쓰고 있다는 것을 알리는 것입니다. 대중과 함께 소통하며 책의 주제에 대해 이야기를 하는 것입니다.

그 과정에서 대중은 책의 주제에 관심을 가지고 때로는 조언을 해주기도 하며 함께 책을 만들어갑니다. 책이 출간되었을 때 이들이 책을 구매해줄 확률이 높죠. 책은 친한 사람들이 구매하는 것이 아니라 책을 만드는 과정을 함께했던 사람들이 구매한다는 것을 잊지 말기 바랍니다.

책을 쓰면 벤츠를 탈 수 있을까?

일전에 한 중년 여성이 찾아왔습니다. 그녀는 이미 책 한 권을 출간한 저자였는데, 책을 집필할 용기가 나지 않는다고 했습니다. 이윽고 그녀가 전해준 이야기는 실로 놀라웠습니다.

그녀는 혼자 힘으로 글을 쓰기 어려워 '책 쓰기 커뮤니티'를 찾았습니다. 그 커뮤니티 관계자가 자신도 베스트셀러 작가가 될 수 있다는 말에 혹해서 해당 커뮤니티에 들어갔습니다. 책 쓰기 비용이 1,000만 원이었지만, 베스트셀러 작가가 되어 강연 등을 통해 큰돈을 벌 수 있다는 말에 그 자리에서 그 금액을 결제했습니다.

그런데 문제는 그 다음이었습니다. 그곳에서 제목과 목차를 강제로 정해주었습니다. 그것에 맞춰 글을 쓰기가 어려워지자 강좌를 더 들어야 한다며 200만 원짜리 강좌를 권했습니다. 그녀는 책이 나올 수 있다는 말에 울며 겨자 먹기로 다시 목돈을 지출했습니다. 그러나 얼마 지나지 않아 그녀에게 필력이 부족하다며 글쓰기를 도와줄 사람(대필가)이 반드시 필요하다며 다시 400만 원을 요구했습니다.

무엇보다 그녀의 책이 출간되고 나서 책을 구매하도록 유도해 그녀는 또 다시 몇 백만 원을 지불했습니다. 결국 2,000만 원이 넘는 돈을 지출하고 나서야 책을 출간할 수 있었습니다.

이후 운영진들은 책을 구매해 인증할 것을 회원들에게 압박했고, 일시적으로 그녀의 책은 주간 베스트셀러에 오르기도 했습니다. 그녀는 베스트셀러 순위에 오른 자신의 책을 보는 것만으로도 자신이 그동안 한 고생에 대한 보답으로 생각했습니다. 그녀는 여러 곳에서 강연 요청을 받았지만, 이것이 오히려 발목을 잡았다고 했습니다.

강연을 간 그녀는 질의응답 시간에 독자들이 책의 내용을 물어오자 대답을 제대로 하지 못했습니다. 이 책은 대필가가 써 주었기 때문입니다. 이런 상황이 반복되자 그녀는 자괴감에 빠졌습니다. 울면서 고백하는 그녀의 이야기를 듣는 내내 가슴이 아팠습니다.

실제로 이런 사례는 많습니다. 내 글을 책으로 출간하고 싶은 사람들의 욕망을 자극하고 부추기는 것입니다. 그들은 책을 출간하면 전국 곳곳에서 강연 요청이 쇄도하고, 그것으로 자신의 처지가 변할 수 있다고 말합니다. 불가능하진 않습니다. 다음과 같이 생각하면 가능합니다.

책 가격: 13,800원 인세: 10% 판매부수: 100만 부 13,800원 × 100만 부 × 10% = 1,380,000,000원

이때 저자가 직접 출판을 하면 인세는 2~3배 정도 오릅니다. 게다가 150만 부가 판매된다면? 거기에 전국에서 저자 강연이 쇄도하고 방송국에서 이 책을 드라마로 제작한다고 하면? 단언컨대 로또 1등보다 더 많은 돈을 벌 수 있습니다. 그런데 중요한 것은 그것이 일어날 확률은 거의 제로입니다.

출간 계약도 하늘의 별따기지만 어렵사리 출간된 책이 500부 판매도 어려운 지금의 출판 시장에서는 한마디로 일반인이 데뷔해서 당장 BTS 같은 스타가 되겠다는 말이나 다름없습니다. 책 한 권을 판매해서 경제적인 자유를 누릴 확률은 매우 낮습니다. 그럼에도 책은 왜 써야 할까요? 결론부터 말하자면 연결(linked)때문입니다.

여기 책을 출간한 한 저자가 있습니다. 그녀는 서른 중반의 여성으로 장례 지도사라는 독특한 이력을 가지고 있습니다. 이

력도 독특했고 당시 사회적으로도 이슈가 되었던 직업이었습니다. 우리는 그녀에게 글을 집필해보자고 제안했고 그녀는 단 69일 만에 120장에 이르는 원고를 집필했습니다. 원고를 투고했을 때는 많은 출판사에서 출간 제의를 받았습니다. 그녀의 책은 지금도 잘 팔리고 있습니다.

> 책값: 13,800원
> 인세: 10%
> 판매부수: 9,000부
> 13,800원 × 9,000부 × 10% = 12,420,000원

그녀가 책을 판매해서 직장인으로서 상당한 금액(약 1,200만 원)을 벌어들인 것은 사실입니다. 하지만 중요한 것은 출간 후 그녀의 행보입니다. 그녀의 책을 읽은 사람들이 그녀에게 강연을 요청해왔습니다. 더구나 드라마와 영화 시나리오 자문을 해왔고, 칼럼을 쓰기 시작했습니다. 얼마 전 그녀에게서 메시지가 도착했습니다.

"요즘 영화 시나리오 자문을 하고 있어요. 조만간 드라마 작업도 할 것 같아요. 책 한 권 쓰고 큰 변화를 기대하지 말라고 했는데, 저에게는 일생일대 가장 큰 변화가 생겼습니다."

초판 소진 자신 있다

'70만 원.' 제가 첫 책을 출간하고 나서 출판사에서 받은 인세입니다. 책값이 1만 원이었고 인세가 10%였으니, 제 책이 700부 정도 팔렸다고 보면 될 것입니다.

'책을 팔아서 (경제적으로) 성공하라.'

극히 낮은 확률입니다. 책을 출간했다고 해서 인생 역전을 꿈꾸지 마세요. 일부 언론과 방송에서 나오는 초대박 베스트셀러는 극히 드문 경우입니다.

'책을 써서 성공하세요!', '책을 쓰고 강연을 하면 부자가 될 수 있습니다'라는 말을 하며 책이 경제적 성공을 담보한다고 확언합니다. 물론 책을 써서 돈을 많이 번 사람도 있습니다. 하지만 확률은 매우 낮습니다. 간혹 투고 원고의 출간 기획서에 이런 문구가 쓰여 있는 것을 볼 수 있습니다.

'초판 2,000부 1개월 내 소진 가능합니다.'

'해병대 전우회가 다 사줄 겁니다.'

'교인들이 구매할 겁니다.'

그 이유도 각양각색입니다. 하지만 책을 출간한 저자들을 만나서 물어보면 하나같이 하는 말이 있습니다.

"책이 진짜 안 팔려요."

"지인들이 책을 안 사줘요."

문화체육관광부가 발표한 2019년 국민독서실태조사에 따르면, 지난 1년간(2018년 10월 1일~2019년 9월 30일) 성인의 종이책 독서율은 52.1%로 10년 전인 2009년 대비 약 20% 감소했습니다. 독서율 52.1%는 성인 절반가량만이 1년에 책을 한 권 이상 읽었다는 의미입니다. 성인의 독서량도 6.1권으로 2017년보다 2.2권 감소했습니다. 1년간 성인 절반이 책을 두 달에 한 권가량 읽었다는 것입니다.

보통 책이 출간된 후 사장(死藏)되기까지 걸리는 시간은 2개월 남짓입니다. 이 기간에 죽어라 홍보하세요. 내 책을 만들어준 출판사와 열심히 글을 쓴 자신을 위해서도요. 그 이후에는 더 홍보하고 싶어도 할 수가 없습니다. 이미 서점에 책이 없는 걸요.

6장 이제는 홍보다
6장 이제는 홍보다
6장 이제는 홍보다
6장 이제는 홍보다
6장 이제는 홍보다
6장 이제는 홍보다
6장 이제는 홍보다
6장 이제는 홍보다

6장 이제는 홍보다

6장 이제는 홍보다
6장 이제는 홍보다
6장 이제는 홍보다
6장 이제는 홍보다
6장 이제는 홍보다
6장 이제는 홍보다
6장 이제는 홍보다
6장 이제는 홍보다

인플루언서가 되는 법

어느 날, 책을 출간한 지인이 전화를 했습니다. "이거 홍보가 쉽지 않네. 홍보, 어떻게 하는 거야? 좀 알려줘." 그의 말을 듣고 이미 때가 늦었다고 생각했지만, 몇 가지 질문을 던졌습니다. "책이 출간되기 전에 인스타그램에 매일 책 관련 피드를 올렸나요?" "꾸준히 글을 올렸죠. 그런데 반응이 영 신통치 않아서 그만두었어요."

그의 인스타그램에는 게시물 10개가 덩그러니 놓여 있었습니다. 해시태그도, 댓글에 대한 댓글도 찾아볼 수 없었습니다.

혹자는 너무 소셜미디어 활동을 강조하는 것 아니냐고 할 수 있습니다. 맞습니다. 강조하는 겁니다. 물론 저 또한 글로만 독자들과 만나고 싶은 마음이 큽니다. 하지만 그러기엔 독자에게 내 콘텐츠가 발견되는 것은 하늘의 별따기와 같습니다.

시대가 바뀌면 그것에 맞출 필요는 분명히 있다고 봅니다. 만약 같은 내용의 글인데 한쪽은 소셜미디어에 올라와 활발하게 광고가 되고 있고, 한쪽은 그러지 않는다면 독자들은 당연히 전자를 선택할 것입니다.

언젠가 소셜미디어 활동을 어떻게 해야 할지 고민하는 예비 저자가 찾아왔습니다. 저는 그에게 예상 독자층과 기획 의도를 고민해보라고 하고 소셜미디어를 활용하라고 조언했습니다. 또 소셜미디어 피드에 사용할 컬러와 이미지를 선택하고 내용도 조언했습니다.

제가 강조했던 것은 두 가지입니다. 글을 꾸준히 올릴 것과 사람들의 댓글에 '정성스러운 댓글'을 다는 것이었습니다. 그 뒤 그는 매일 글을 올렸고 댓글을 달아준 사람들에게 정성스럽게 댓글을 달았습니다. 처음에는 200명 정도가 팔로우했지만, 1년이 채 안 돼 5만 명이 팔로우하는 인플루언서가 되었습니다. 그리고 그녀는 출판사와 책 세 권을 계약했고 현재 책 두 권을 쓴 저자가 되었습니다.

책이 출간되기까지 소요되는 시간은 빠르면 2개월 늦으면 1년이 걸립니다. 저는 이 시기를 예비 저자가 할 수 있는 홍보의 마지노선이라고 생각합니다. 이 시간을 어떻게 잘 활용하느냐에 따라 내 책의 판매량이 결정됩니다.

독자들과 소통하는 법

누구나 자신의 소속집단에서 배척당하는 것을 두려워하고 주변 사람들의 인정을 받기 원합니다. 그래서 자신의 태도나 행동을 타인에게 맞추려는 경향이 있습니다. 더구나 소셜미디어의 댓글은 쌍방 간의 소통을 가능하게 했습니다. 기존 뉴스나 라디오 등에서 일방적으로 정보를 얻는 시대는 지났습니다.

댓글은 커뮤니케이션의 방법입니다. 여기에는 다양한 사회적·심리적 요소가 포함되어 있습니다. 자신의 의견을 나타내면서 다른 사람에게서 인정을 받는 욕구를 충족시켜주었습니다.

댓글은 하나의 문화입니다. 사람들은 얼마나 많은 댓글이 달려 있는지 보고 그 글이 관심을 받고 있다는 것을 압니다. 댓글로 미리 게시물에 대한 공감과 재미를 예측합니다. 그래서 댓글이 많은 글에 더 흥미를 갖습니다. 또한 적극적으로 댓글을 다는 사람들일수록 사회 참여나 타인과의 교류에 대한 욕구가 강합니다. 실제로 그런 욕구가 충족될수록 댓글을 자주 다는 경향이 있습니다.

소설 『회색인간』으로 일약 스타덤에 오른 김동식 작가는 2006년부터 10년 동안 주물 공장에서 일했습니다. 그러던 중 2016년부터 머릿속에 떠오르는 생각을 글로 써보기로 했습니다. 먼저 포털사이트에서 글 쓰는 법을 검색했습니다. '접속사를 많이 쓰지 말고 간단명료하게 써라', '점을 많이 찍지 마라', '기승전결이 있어야 한다.' 그는 퇴근 후 간간이 접속하던 '오늘의 유머(오유)' 공포게시판에 '복날은간다'라는 닉네임으로 무서운 이야기를 올리기 시작했습니다.

그의 글은 추천수 100개 이상만 받을 수 있는 일종의 '베오베(베스트 오브 베스트)'로 선정되었습니다. 그의 글에는 수많은 칭찬과 격려, 질타의 댓글이 달리기 시작했습니다. '다음편이 궁금하다', '재미있다', '이 부분은 이렇게 고쳤으면 좋겠습니다.' 그는 댓글에 댓글을 달면서 독자들과 적극적으로 소통했습니다. 그리고 독자들의 의견을 반영해 글을 고쳐나갔습니다.

그에게 독자들의 댓글은 일종의 '글쓰기 스승'이었습니다. 오유 게시판에서 그의 글을 읽은 독자들은 댓글로 글 쓰는 법을 조언했습니다. 맞춤법, 문장 쓰는 법, 가독성 높은 표현법 등 사소한 부분까지 그는 독자들의 조언을 따랐습니다.

그는 댓글을 염두에 두며 글을 썼습니다. 독자들이 좋아하는 대로 쓰다 보니 전혀 생각하지 못한 방향으로 글이 흘러갔습니다. 그가 『회색인간』을 출간하자 독자들의 반응은 폭발적이었습니다. 독자들은 그에게 '노동으로 태어난 작가', '괴물 같은 신인 작가' 등의 다양한 수식어를 붙여주었습니다.

그는 한 매체와의 인터뷰에서 독자들과 댓글로 소통하며 글을 썼기 때문에 여기까지 올 수 있었다고 말했습니다. 독자들의 의견을 듣고 작품을 다듬어갔고 다음 작품을 구상할 수 있었다고 말했습니다.

김동식 작가는 글을 쓰는 동안 끊임없이 독자들과 소통했습니다. 작가라는 권위를 내세우지 않고 스스로 몸을 숙였습니다. 독자들이 지적해주는 것을 적극적으로 반영하자 그의 글쓰기는 탄력이 붙었습니다. 소셜미디어의 발달로 인해 독자들은 더욱 저자와 가까워졌습니다. 독자들과 적극적으로 소통하는 저자만이 좋은 글을 쓸 수 있습니다.

블로그로 홍보하는 법

2021년 4월 기준 네이버는 인터넷 점유율 51.99%를 기록했습니다. 비록 3년 전에 비해 그 점유율이 다소 떨어졌지만 (66.85%, 2018년 1월 기준), 여전히 대한민국의 대표 포털사이트라고 해도 과언이 아닙니다.

네이버의 강점 중 하나로 블로그를 빼놓을 수 없습니다. 블로그는 개인이 하고 싶은 이야기를 자유롭게 업로드하면서 이웃 블로거들과 정보를 공유하는 소셜미디어죠. 약 1,700만 개의 블로그가 운영 중입니다. 이곳에서 많은 사람이 자신의 이야기를 포스팅하고 때로는 그로 인해 수익을 얻기도 합니다. 네이버 블로그는 엔터테인먼트·예술, 생활·노하우·쇼핑, 취미·여가·여행, 지식·동향 등 총 네 가지 대분류로 나누어지며 다시 32가지 카테고리로 나누어집니다.

그러면 사람들은 왜 블로그를 하는 것일까요? 먼저 '쓰기'입니다. '쓰기'는 인류 최고의 발명품입니다. 글은 자신을 노출하는 일종의 창입니다. 자신의 생각을 노출하고 대중의 공감을 얻습니다.

블로그는 '검색형' 소셜미디어입니다. 다시 말하면 내 블로그를 방문하는 사람들은 관련된 정보를 검색한 후 들어옵니다. 예를 들어 '퇴사'라는 단어를 검색했다고 가정해보죠. 이 단어를 검색하게 되면 수많은 '퇴사'에 대한 글이 검색될 것입니다. 블로거들은 타인에게서 인정받으려고 공신력 있는 자료와 자신의 의견을 피력한 글을 포스팅하게 될 것입니다.

블로그는 '지식 전달형' 소셜미디어입니다. 오픈된 공간인 블로그에 글을 쓴다는 것은 적지 않은 책임감이 뒤따릅니다. 그래서 글을 쓰기 위해 자료도 조사하고 내용을 정리하면서 스스로 더 많은 공부를 할 수밖에 없습니다.

블로그를 어떻게 만들고, 어떤 디자인을 사용해야 하는지에 대한 책은 무수히 많기에 세세한 내용은 다루지 않으려 합니다. 다만, 블로그 운영 시에 꼭 필요한 부분만 몇 가지 짚고 넘어가도록 하겠습니다.

첫째, 블로그 제목입니다. 제목은 블로그의 정체성을 한마디로 요약해주는 카피라이팅입니다. 제목을 무엇으로 할지 고민해보세요.

둘째, 블로그 별명입니다. 별명은 또 다른 나입니다. 나를 블로그의 주제와 맞추어 어떻게 표현할 것인지에 대한 고민이 필요합니다.

셋째, 메뉴의 구성입니다. 검색을 통해 유입된 사람들은 정보에 관심이 많습니다. 블로그의 주제에 맞는 메뉴 구성이 중요하며, 메뉴는 크게 세 가지 정도로 나누는 것이 방문자가 어렵지 않게 정보에 접근할 수 있습니다.

넷째, 특징입니다. 블로그의 특징과 강점을 파악해 내 블로그는 더욱 좋게 만들겠다는 신념이 있어야 합니다. 모방이 아니라 참고해서 재창조를 하라는 말입니다. 또한, 단점을 파악해 그것으로 인한 오류를 범하지 말아야 합니다.

다섯째, 스타일입니다. 레이아웃은 어떤 것을 사용하는지, 프롤로그를 사용하는지, 키컬러(keycolor)는 무엇인지 파악해 내 블로그에 적용해봅니다.

2016년 4월부터 사라진 네이버의 '파워 블로그'라는 제도는 이제 '이달의 블로그'라는 코너로 재편성되어 많은 사람에게 양질의 정보를 전달하고 있습니다. 여러분이 IT라는 아이템으로 블로그를 시작한다면, 그 분야의 블로그를 찾아보고 어떻게 운영하고 있는지 살펴보는 것이 좋습니다.

홍보는 언제 하는 것이 좋을까?

“저 인스타그램 계정 만들었어요. 놀러오세요.”

이제 막 책을 출간한 저자가 소셜미디어 계정을 만들었다고 말했습니다. 그런데 게시물은 달랑 세 개입니다. 3개월이 지난 후 다시 소셜미디어에 들어가 보았더니 12개가 올라와 있었습니다. 소셜미디어만 적절히 활용한다면, 생각보다 큰 효과를 얻을 수 있습니다.

‘홍보는 언제 하는 것이 좋을까요?’에 가장 적절한 답은 ‘바로 지금’입니다. 지금 시작하는 것이 가장 빠른 법입니다. 그렇지 못할 경우 적어도 ‘책이 출간되기 3개월 전’입니다.

저자가 누구인지 궁금해 소셜미디어에 들어갔더니 달랑 두어 개의 게시물만 있다면 독자들이 책을 구매할까요? 책이 출간되기 3개월 전부터 하루에 게시물을 한 개씩 올린다고 해도 90개 남짓합니다.

자신의 책을 홍보하는 것을 창피해하는 저자도 있습니다.

당연히 자신의 책은 판매가 잘될 거라며 적극적으로 홍보하지 않는 저자도 있습니다. 요즘 같이 너도 나도 자신을 드러내는 세상에는 그리 효과적인 마케팅이 아닙니다.

책의 수명이 2~3개월이라고 했을 때, 초보 저자는 출간 전이나 출간 후에 적극적으로 마케팅을 해야 합니다. 유명 아이돌도 데뷔 전부터 그들의 일거수일투족을 소셜미디어에 노출해 홍보에 전력을 다합니다. 그들이 데뷔를 하는 시점은 이미 많은 인지도를 쌓은 후입니다. 출판사에서 '알아서 해주겠지'라는 생각은 아예 버리기 바랍니다. 퍼스널 브랜딩도 자신을 어필할 줄 아는 사람만 할 수 있습니다.

출판사에서 당연히 홍보해주는 것 아닌가?

예비 저자가 가장 많이 하는 말입니다. 세상에 어떤 일이든 당연한 것은 없습니다. 세상을 살아오면서 느낀 절대불변의 진리입니다. 내가 원하는 것이 있다면 내 것을 내어놓을 줄 알아야 합니다. 그럼에도 출판사가 해줄 수 있는 홍보 방법이 있습니다. 물론 모든 출판사가 다음과 같은 홍보를 할 수 있는 것은 아닙니다. 각자 출판사 사정에 맞는 방법을 택할 것입니다. 다만, 책이 출간되기 전후에 고려해보면 좋을 만한 홍보 방법입니다.

① 상세페이지

온라인서점(예스24, 교보문고, 알라딘, 인터파크)에서 책을 검색했을 때 나오는 상세페이지입니다. 책의 내용을 가장 직관적으로 보여줄 수 있는 상세페이지는 영화로 따지면 포스터 역할을 합니다. 그 때문에 상세페이지에는 책의 개요, 구성, 키워드 등이 담기죠. 물론 대부분의 출판사가 상세페이지를 제작하지만, 의외로 적지 않은 출판사가 제작하지 않기도 합니다.

② 네이버 포스트

이 또한 많은 출판사가 활용하는 온라인 플랫폼입니다. 블로그처럼 글을 올릴 수도 있고, 카드뉴스를 올려놓기도 합니다. 한 가지 장점은 카드뉴스 제작 시 페이지마다 녹음할 수 있다는 것입니다. 한 페이지에서 다음 페이지로 넘어가면서 해당 페이지에 녹음되어 있는 파일을 재생해줍니다. 카드뉴스를 읽어주는 오디오북이라고 생각하면 됩니다. 팔로워가 많아지면 광고 수익도 기대해볼 만합니다.

③ 카드뉴스

이제는 당연해진 홍보 방법입니다. 이미 카드뉴스를 넘어 애니메이션 수준까지 와 있습니다. 이것은 도서와 관련된 이미지를 10~30장으로 구성해 스토리텔링 형식으로 활용하는 방법입니다. 카드뉴스로 가장 유명한 플랫폼은 '책 끝을 접다'라는 곳입니다. 지금은 리디북스가 운영하고 있는데, 이곳은 도서 소개를 동영상과 음성이 결합된 카드뉴스 형식으로 제작해 독자들에게 홍보합니다. 현재 63만 팔로워를 보유하고 있습니다. 내 책이 이곳에 소개되면 63만 명의 예비 독자에게 알릴 수 있습니다. 이때 카드뉴스는 저자나 출판사가 직접 제작할 수도 있고, 정기적으로 제작하면 의외로 좋은 성과를 얻을 수 있습니다.

④ 북트레일러

오래전부터 출판사들이 사용해왔던 홍보 방법입니다. 도서에 대한 소개 동영상을 제작해 독자들에게 홍보하는 것입니다. 예전에는 동영상 제작에 많은 예산이 소요되었지만 근래에 와서는 동영상 템플릿을 제공하기도 합니다. 또 애니메이션 기법 등을 통해 영상을 제작할 수 있습니다. 최근 유튜브 등 동영상 콘텐츠 플랫폼이 대세인 만큼 북트레일러도 홍보에 도움이 됩니다.

⑤ 강연 제안서

지금은 출판사에서 하고 있지 않을 것이라는 생각이 듭니다. 말 그대로 저자 콘텐츠(도서)에 대한 강연 제안서를 만드는 것입니다. 책이 출간되면 강연을 하고 싶어 하는 저자가 많은데, 막상 어떻게 해야 할지 난감해합니다. 비대면 형식의 강연이 폭발적으로 증가하는 지금 미리 준비해두면 좋습니다.

실제로 저는 직원 교육을 담당한 적이 있는데, 어떤 주제에 대해 강연할지 인터넷을 통해 저자를 찾고 그가 쓴 저서를 검토했습니다. 이후 저자와 연락이 되어 저자 프로필이나 강연 계획서 등을 요청했습니다. 이 과정에서 전문 강사가 아니면 어떻게 해야 할지 모릅니다. 이때 잘 정돈된 강연 제안서를 보유하고 있다가 담당자에게 전달하면 강연으로 이어질 확률이 당연히 높겠죠.

일전에 저자에게 강연 요청이 들어온 적이 있습니다. 당시 미리 강연 제안서를 제작해두었는데, 그 다음은 일사천리로 강연이 진행되었습니다. 이때 참가자 중 3분의 2 정도가 현장에서 도서를 구매했습니다(당시 청중은 300여 명이었습니다. 물론 코로나 이전입니다). 도서를 구매한 사람들은 자신의 지인들에게 선물하려고 했습니다. 저자가 책을 많이 알려야 출판사에도 좋습니다.

내 책을 알릴 수 있는 15가지 핵심 홍보법

책 홍보에 가장 탁월한 효과를 보는 것은 두말할 나위 없이 '돈'을 투자하는 것입니다. 일부 베스트셀러에 오르는 책들을 살펴보면 어느 정도 판매고를 올린 다음 광고비를 투자하는 경우가 많습니다. 그렇다 보니 서점에서 '이 책은 이렇게 순위권에 있을 만한 책이 아닌데?' 하는 책들이 계속 노출되는 경우도 많습니다. 돈이 돈을 부릅니다.

어쨌든 그 많은 돈을 투자할 수 없다면? 돈을 들이지 않고도 내 책을 홍보하는 방법을 찾아야 합니다. 실제로 많은 사람이 책 판매가 저조하다고 걱정합니다. 물론 출판사가 마케팅에 탁월한 역량이 있거나 노하우가 있다면 그런 걱정을 하지 않아도 되지만, 그런 출판사는 많지 않죠.

출판사도 저자의 영향력에 많이 기대를 하는 편인데, 처음 원고를 투고했을 때 물어보는 것 중 하나가 '인스타그램은 하시나요? 팔로워는 몇 명인가요?'입니다. 요즘은 "어디 학교 출신이에요?"보다는 "구독자가 몇 명이에요?"가 나를 더 많이 대변해주는 시대입니다.

지금부터 책 출간 전후에 도움이 되는 홍보 방법을 이야기해볼까 합니다. 다 읽고 나면 '이런 거 나도 할 수 있겠네'라는 생각이 들면 반은 성공한 겁니다. 다음은 가급적 비용을 들이지 않고 저자가 할 수 있는 홍보 방법입니다.

① 강연 계획서

책을 쓰는 분들이 가장 많이 하고 싶어 하는 것이 강연입니다. 책을 내면 자연스럽게 강연 문의가 들어올 것이라고 생각하는 사람이 많습니다. 결론부터 말하자면 그런 경우는 거의 없습니다. 혹여 강연 요청이 들어오면 그제야 강연 계획서 등을 준비합니다.

책이 나오면 관공서와 공공기관에서 강연을 의뢰할 때 담당자가 서류를 요청하는 경우가 많습니다. 이때 서류는 강연 계획서, 성범죄 조회 동의서(청소년 기관일 경우), 신분증, 통장 사본 등입니다.

이 모든 서류를 구비하고 있다가 신속하게 보내면 업무 진행이 빠릅니다. 다음번에도 나를 다시 찾을 가능성이 많겠죠.

여기서 한 가지 팁은 서류를 세로 형태로 출력하는 것입니다. 보통 관공서는 세로 형태의 서류로 보고하는 경우가 많습니다(전자 결재 제외). 그렇게 서류를 준비한다면 센스 만점일 것입니다. 너무 세세한 거 아니냐고요? 그래서 나쁠 것 있나요?

② 프로필 사진

과거 교육 담당자로 일했을 때 많은 프로필과 포트폴리오를 받아보고 놀랐던 것 중 하나는 강사의 사진이었습니다. 어디 좋은 식당에 가서 찍은 듯한 사진과 '하두리 스타일'의 좌상단 45도 각도 사진까지 보낸 강사도 있었습니다. 강사는 프로페셔널해야 합니다. 프로필 사진을 찍는 비용을 아끼지 않아야 합니다. 프로필 사진을 찍고 강연 몇 개 더해서 많은 수익을 얻는 것이 효율적입니다. 프로필 사진은 책날개와 보도자료에도 효과적으로 사용할 수 있습니다.

③ 새로운 강연안

"솔개는 때가 되면 부리를 스스로 부러뜨려 더 단단한 부리를 만듭니다." 수많은 강사의 강의 마지막 단골 동영상입니다.

솔개 이야기를 들어본 지 벌써 20년은 다 되어가네요. 심지어 사실도 아니라고 합니다.

일전에 한 강사의 수업에 참관한 적이 있습니다. 제가 이 수업에서 놀란 점은 십수 년 전에 많은 강사가 했던 이야기(심지어는 똑같은 PPT)를 그대로 한다는 것이었습니다. 더욱 놀라운 점은 제가 그 강사를 수년 뒤에 다시 만났을 때에도 똑같은 PPT를 사용하고 있었다는 점입니다.

물론 매번 강연안을 바꿀 수는 없지만, 같은 주제라도 트렌드에 맞게 변형시켜야 합니다. 시대에 맞는 이야기가 세상 사람들에게 먹힙니다.

④ 출간 3개월 전 소셜미디어

많은 사람에게 강조하는 것 중 하나입니다. 출간 계약과 동시에 소셜미디어 계정을 만들어 활동하시기 바랍니다. 글쟁이가 글만 쓰는 시대면 얼마나 좋겠습니까? 예전처럼 출간, 광고·입소문, 높은 판매고의 공식은 이제 먹히지 않습니다. 출간 전부터 소셜미디어 활동, 출간, 높은 판매고로 이어지는 공식이 자리 잡았습니다.

책이 출간된 후 일시적으로 판매가 많은 것은 주변 지인들이 구매해주었기 때문입니다. 이것을 지속적으로 유지하려면 출간 전부터 관리해야 합니다. 많은 사람이 소셜미디어에 도전했다가 포기하는 이유는 '좋아요'가 적어서입니다. 하지만 꾸준함을 넘어서는 것은 없습니다. 무엇이든 꾸준히 6개월간 해보기 바랍니다. 그때 가서 반응이 없으면 포기해도 늦지 않습니다.

⑤ 각종 문화센터

기업마다 운영하는 문화센터가 있습니다. 제가 사는 곳의 문화센터는 지역 주민들을 위한 다양한 프로그램을 제공하고 있습니다. 정기 수업을 진행하지만 특강식으로 강연을 진행하기도 합니다. 저자가 먼저 강연 제의를 해볼 수도 있을 것입니다. 역시나 강사 프로필 등 자료가 필요합니다. 물론 지금은 활발한 활동을 하기 어렵지만, 유비무환입니다. 미리 준비해두면 나쁠 것이 없겠죠?

⑥ 출신 학교 홍보

대부분 '설마 나를 기억하겠어?'라고 생각합니다. 물론 선생님들이 제자들을 모두 기억할 수는 없을 것입니다. 하지만 제자가 책을 출간한 후 학교를 찾는다는데 싫어할 선생님이 있겠습니까? 친한 선생님도 좋고 담임선생님도 좋습니다. 특히 외부 강연이나 특강은 진로 선생님이 결정권을 가지고 있기 때문에 그 선생님을 만나는 것도 좋습니다.

⑦ 지자체

문화센터와 마찬가지로 지역에는 많은 공공기관이 있습니다. 그리고 이 공공기관들은 대민 서비스의 일환으로 강연과 강좌를 개최합니다. 사회복지기관, 도서관, 시청 등에서 정기적으로 진행하는 강연이 많습니다. 이곳에 강연 제안서를 보내보세요. 저는 첫 책이 출간된 후 도서관과 학교 사서에게 이메일로 강연 제안서를 보냈습니다. 실제 많은 곳에서 강연을 할 수 있었고 아직까지 강연 요청이 들어옵니다.

5,000곳에 강연 제안서를 배포한다면? 가능성이 단 0.1%라도 있다면? 시도하는 것이 옳다고 봅니다. 단숨에 TV에 출연하는 것도 쉽지 않습니다. 지자체의 공공기관에 강연 제안서를 보내보세요.

⑧ 리뷰

독자들이 책을 선택하는 기준은 표지 디자인, 제목, 판형, 서평 등일 것입니다. 특히 리뷰의 개수로 책에 대한 관심을 불러일으킬 수 있습니다. 책을 구매하거나 선물하는 사람들에게 꼭 리뷰를 써달라고 부탁하세요. 친구, 친인척, 배우자 등에게 리뷰를 요청해보세요.

⑨ 서평단 운영

출판사에서 서평단을 운영하는 경우가 많습니다. 하지만 저자도 지인들을 상대로 서평단을 운영할 수 있습니다. 도서는 출판사에서 보통 30% 할인된 금액으로 구매할 수 있습니다(저자도 자신의 책을 당연히 사야 합니다. 혹자는 그냥 주는 거 아니냐고 말하기도 합니다). 아니면 출판사와 협의해서 도서를 제공받을 수도 있을 것입니다. 내 책이 많이 읽혀야 세상이 나를 찾을 확률이 높아집니다.

⑩ 대인관계

결혼 청첩장과 비슷한 것 같습니다. 오랫동안 연락이 없다가 어느 날 뜬금없이 전화해서 책을 사달라고 하면 말하는 이나 듣는 이가 서먹해집니다. 평소에 대인관계를 잘 해놓기 바랍니다. 얼마 전 어떤 분과 상담을 하게 되었습니다.

"제가 ○○부대를 나와서 제 말 한마디면 3,000부는 그냥 팔립니다. 게다가 저희 교회에 이야기하면 강연도 할 수 있습니다. 판매는 걱정 마세요."

이런 사람치고 책을 사주었다거나 강연했다는 소식은 들은 적이 없습니다. 평소 친하다고 생각했던 관계는 그냥 '아는 관계'일 뿐입니다. 출간 전부터 적극적으로 모임에 참석하고 관계를 관리하는 것이 좋습니다. 너무 치사해 보인다고요? 세상에 공짜는 없습니다.

⑪ 블로그, 페이스북, 인스타그램

다시 한번 강조하지만 소셜미디어는 매우 중요한 홍보 도구입니다. '나를 기획하는 법'이라는 특강을 진행한다고 해보죠. 아마 가장 많이 하는 행위는 인터넷 서칭일 것입니다.

인터넷에서 우연히 『기획자의 책 생각』이라는 책을 쓴 저자 Team BLACK이 검색되었습니다. 이 사람이 누구인지 찾아보니 블로그가 검색되었습니다. 블로그에 있는 글을 보니 기획에 대한 다양한 관점이 있었습니다(이미 이 과정에서 담당자는 신뢰를 쌓았습니다. 저자에게 연락 올 가능성이 높습니다). 반대로 저자에 대한 정보를 찾을 수 없다면 담당자는 난감해할 것입니다. 소셜미디어는 자신을 브랜딩하는 플랫폼입니다.

⑫ 플랫폼 홍보

소셜미디어, 특히 페이스북을 보면 다양한 페이지가 있습니다. 그중 글이나 책을 좋아하는 사람들이 만든 페이지가 많은데, 이곳에 가입해서 관계를 쌓아놓는 것도 좋습니다(관계를 쌓지 않고 무작정 홍보만 한다면 홍보 효과는 기대하기 힘들겠죠). 또 하나. 해당 도서와 관련 있는 커뮤니티를 찾아 미리 관계를 맺어두면 당연히 좋겠죠?

⑬ 카드뉴스 제작

'출판사가 해주겠지'라고 생각하지 말고 저자가 제작해서 홍보하는 것도 좋은 방법입니다. 저자의 지인들이 소셜미디어에 올라온 게시글을 볼 수 있습니다. 요즘은 카드뉴스를 스스로 제작할 수 있는 템플릿이나 플랫폼이 많습니다.

⑭ 사전 연재

이것도 저자가 진행할 수 있는 홍보입니다. 네이버 포스트나 소셜미디어를 통해 노출하는 것입니다. 단순히 본문 내용을 '복붙'하는 것이 아니라 다음 회가 궁금해지도록 구성해야 합니다. 네이버 포스트는 카드뉴스 템플릿을 제공하고 있으니 이곳을 활용하는 것을 추천드립니다.

⑮ 유튜브

마지막으로 유튜브입니다. 비연예인의 인기가 연예인을 앞서는 시대입니다. 오히려 연예인들이 앞다퉈 유튜브로 진출하고 있습니다. 요즘은 콘텐츠 노출의 시대입니다. 누가 더 많이 나를 드러내는지에 따라 인기가 올라갑니다. 여기서 중요한 것은 요샛말로 '어그로'를 끌지 말고 진짜 양질의 정보를 제공하는 것입니다. 콘텐츠가 폭발할수록 거짓과 과장 정보 또한 함께 늘어납니다. 결국 나만이 알고 있는 정보를 얼마나 많이 노출하느냐에 따라 살아남을 수 있습니다.

이 15가지 방법을 다 읽으셨나요? 그러면 어느 정도 홍보에 성공하신 겁니다. 하지만 중간에서 포기했다면 아마 다른 것도 포기할 가능성이 높습니다. 솔직히 말하면 이 중 절반도 하지 않고 책이 팔리기만을 바라는 것은 무리가 있습니다. 출판사도 책을 제작하는 데 적지 않은 금액을 투자합니다. 투자를 하는 목적은 단순합니다. 투자 이상의 수익을 회수하기 위해서입니다. 그만큼 저자도 적극적으로 책을 홍보해야 합니다.

에필로그

오래전 서점에서 책을 바라보며 '나도 언젠가 책 한 권쯤 쓰고 싶다'는 생각을 막연하게 해본 적이 있습니다. 하지만 이내 부끄러워 머릿속에서 그 생각을 지우고 자리를 떠났습니다. 책은 지성의 최정점에 있는 학자들의 전유물이라 생각했기 때문입니다.

하지만 지금은 다릅니다. 보통 사람들의 글을 출간할 수 있게 돕고 때로는 책으로 만들면서 책은 누구나 쓸 수 있다는 생각이 자리 잡았습니다. 그렇게 시간이 흐르다 보니 결과가 조금씩 쌓였습니다. 글을 다듬고 책을 만드는 일이 내 인생의 천직이 될 것이라는 확신이 들었습니다.

출판업계에 발을 들인 지 5년이 되었습니다. 이제 신입사원이 되고 싶어도 될 수 없는 나이에 이르렀습니다. 물론 출판을 오래한 대선배님들에게는 아직도 신입이나 마찬가지입니다. 이 글을 집필해두고도 오랜 시간 고민했던 것도 그 때문입니다.

'불과 5년 차 밖에 되지 않았는데, 시기상조가 아닐까?' '선배들이 보면 불편하지 않을까?' 1년에 가까운 시간을 고민하다가 감사하게도 이 책을 출간해줄 출판사를 만날 수 있었습니다. 한편으로 풋내기의 시선이 참신할 수도 있겠다는 자신감도 있었음을 부정하지 않겠습니다.

그동안 적지 않는 예비·기성 저자들이 원고를 보내주셨지만, 대부분 책으로 만들지 못한 죄책감이나 옥석을 가려낼 혜안이 부족했습니다. 그러나 제 눈에도 아쉽고 부족한 원고라면 다른 출판사가 보기에도 그렇지 않을까 하는 생각도 있었습니다.

하지만 글을 쓰는 사람들의 간절한 마음엔 공감할 수 있었습니다. 고민에 고민을 거듭한 끝에 한 글자, 한 글자 옮겨 놓았습니다. 부디 이 책을 읽고 예비 저자들이 좋은 글을 쓸 수 있는 기회가 되었으면 하는 바람입니다. 감사합니다.

참고문헌

B. F. 스키너·마거릿 E. 본, 이시형 옮김, 『50 이후, 인생을 결정하는 열 가지 힘』, 더퀘스트, 2020년.

Team BLACK, 『기획자의 책 생각』, 책과강연, 2018년.

강규형, 『성과를 지배하는 바인더의 힘』, 스타리치북스, 2013년.

글배우, 『아무것도 아닌 지금은 없다』, 쌤앤파커스, 2017년.

김동식, 『회색인간』, 요다, 2017년.

김완, 『죽은 자의 집 청소』, 김영사, 2020년.

김훈, 『강산무진』, 문학동네, 2006년.

김훈, 『칼의 노래』, 생각의나무, 2003년.

박찬영, 『잘못된 문장부터 고쳐라』, 리베르, 2015년.

백세희, 『죽고 싶지만 떡볶이는 먹고 싶어』, 흔, 2018년.

송수진, 『을의 철학』, 한빛비즈, 2019년.

스콧 피츠제럴드, 김욱동 옮김, 『위대한 개츠비』, 민음사, 2003년.

어니스트 헤밍웨이, 김욱동 옮김, 『무기여 잘 있거라』, 민음사, 2012년.

요조, 『오늘도, 무사』, 북노마드, 2018년.

이기주, 『말의 품격』, 황소북스, 2017년.

이기주, 『언어의 온도』, 말글터, 2016년.

이슬아, 『나는 울 때마다 엄마 얼굴이 된다』, 문학동네, 2018년.

이슬아, 『일간 이슬아 수필집』, 헤엄, 2018년.

이주윤, 『오빠를 위한 최소한의 맞춤법』, 한빛비즈, 2016년.

하상욱, 『서울 시』, 중앙북스, 2013년.